Penguins,
Pineapples And
Pangolins

企鹅、凤梨
与穿山甲

［英］克莱尔·科克—斯塔基（Claire Cock-Starkey）著　寇宁 译

江苏凤凰文艺出版社

声 明

本书所涉及资料来自大英图书馆,部分内容具有一定的历史局限性,仅表明原作者的个人立场和观点,不代表出版方、发行方的立场或观点。保护野生动物,拯救珍贵、濒危野生动物,维护生物多样性和生态平衡,是每一个公民应尽的责任和义务。

VOL. II.

引　言

　　世界精彩纷呈，万物皆有其独特的一面。通过水手们的叙述与探索，我们可以发现：一些草本植物在某一国被视为有毒之物，而在其他地区却被看作无毒、有益健康的；另外，在某地被人们称为美味佳肴的鸟，在另一地方可能会人人唾之；人亦是如此，有些地区生活的是黑种人，而有些地区生活着的却是白种人。不过，不论是白皮肤还是黑皮肤，他们终究都是人类。

　　——萨缪尔·珀切斯（Samuel Purchas，1577-1626），《朝圣之旅或与世界的关联》（*Purchas his Pilgrimage or Relations of the World*，1613）

　　在如今"谷歌一下，你就知道"的时代，一切信息离我们似乎都只有一键之遥。其实，我们早已心知肚明，那种对探索的敬畏与希冀早已荡然无存，一切的一切都得来过于容易和普通。但当我们穿越到几百年前——那时还没有全球化一说，我们便会发现，随着新航线的开辟，欧洲人每时每刻都在邂逅新鲜事物——从未吃过的食物、从未见过的动植物、完全陌生的人群，以及从未体验过的文化，等等。萨缪尔·珀切斯在《朝圣之旅或与世界的关联》中的沉思，给了我们一个与那些新事物的发现者进行交流的机会。这本神奇之作的魅力在于，它能让读者逃离"无所不知，无所可获"的现代，去一个更纯真更简单的年代，在那个年代，许多事物还未被发现，探索的喜悦还在世界各地等着我们。

人类一直在追寻新体验，也一直没有停下探索的脚步。早期波利尼西亚人的探索启航于一叶扁舟；维京人则驾驶着更大的船去寻找新大陆；为了强盛的帝国，罗马人加入了探索的大军。15世纪后的200年内，欧洲人一直致力于探寻新大陆、开辟新航线。我们这本书的故事，大多数正是来自这个被称为"探索的年代"。

为了抢占资源，荷兰人、西班牙人、葡萄牙人及英国人纷纷踏上了探寻新大陆的征程，商人探险家们便得以不断接触新鲜事物。值得感激的是，一些商人探险家回国后将他们的所见所闻写成回忆集并出版，要知道，当时的人们对于新大陆的情况真是求知若渴。

在研究当中，我参考了大量书籍，这些书风格迥异，时间跨度从中世纪一直到20世纪。这些书籍的作者，既有英国海盗——威廉·丹皮尔（William Dampier，1651-1715）、劳改犯——乔治·巴林顿（George Barrington，1755-1804）、佛兰德传教士——威廉·卢布鲁克（William Rubruck（1220-1293）），也有倒霉的被绑架的人——安德鲁·巴特尔（Andrew Battell，1565-1614）。这些讲述原汁原味，真实客观，不带任何修饰的色彩。代理出版人听后稍加整理便可出版，而博物学家亦能依据他们所讲的情景做出专业的分析。

这些有趣的经历包括遇见鲨鱼（当然也有一些因为跟鲨鱼离得太近而受伤的故事）、看到体型巨大的蝙蝠、第一次喝咖啡、头一回吃香蕉、第一次目睹复活岛真容、亲眼看见文身人士和被奇怪的鱼吓到的场景。其实，这些商人、探险家也不知道自己在描述什么，很多时候，他们甚至不知道所遇之物为何。

虽然他们所能表达的有限，但看到他们那么努力地去描述那些稀罕之物，着实令人钦佩！很多时候，当他们描述一种新鲜水果的味道时，总是会拿杏与之比较；谈到树的大小时，总是与梨树相提并论；讲到动物时，他们会说与某种他们常见的昆虫差不多。由于航行时间长，风险高，大多数探险者踏上"新大陆"的首要任务不是亲近自然，而是品尝当地的物产。

我们只能想象他们第一次见到奇特的动物、品尝新奇的水果、体验不同文化的感觉了。要知道，在探险者们踏遍全球的那个年代，大多数人的日常出行范围都不超过最近的市场，他们只能吃屈指可数的当季食材，生活在刻板的等级社会和文化氛围里。

本书收录的一些故事来自首位发现者的讲述，为了忠于原文，我将其逐字逐句记录了下来，因此内容难免有些纰漏，但这正是阅读本书的乐趣所在——接近那些有新奇经历的探险者的想法。

多么希望我能够淋漓尽致地描述出这些惊世之物，所以，很多描述我都按照那些无畏的探险家的陈述逐字逐句地记录。因此，文中会有一些语音和拼写上的错误（尽管在表达含糊不清的情况下我加上了现代的拼写方式，有些材料是译文，不过我进行了整理）。

为何不抛开世间尘俗，捧起《企鹅、凤梨与穿山甲》（*Penguins, Pineapples & Pangolins*），去聆听来自欧洲探险先锋的心声，一起加入这奇幻的世界巡游呢？

目 录

1 引 言

1 **动物**

1 长颈鹿

3 金刚鹦鹉

5 鳄鱼和短吻鳄

11 企 鹅

15 斑 马

17 袋 鼠

22 鹈 鹕

23 麋鹿和驼鹿

25 乌 贼

26 响尾蛇

27 变色龙

29 海 象

31 狮 子

35 老虎和豹子

38	会"伪装"的羔羊
40	火烈鸟
41	大　象
49	海　豚
51	鲨　鱼
57	北极熊
62	猴　类
67	猩　猩
70	蛇
72	巨　蜥
74	鸭嘴兽
77	儒艮与海牛
80	穿山甲
83	树　懒
85	犀　牛
87	蝙　蝠
90	会变成虫的树叶
92	竹节虫
93	大猩猩
95	河　马
96	蜂　猴
97	飞　鱼
99	可怕的鱼
101	巨型陆龟
103	海　龟
105	熊　猫

107	独角鲸
109	蕉鹃
111	鸵鸟、食火鸡及美洲鸵
114	渡渡鸟
117	猫

119	**食物**
119	与世界各地的美食邂逅
125	凤 梨
130	西 米
132	芒 果
136	仙人掌果
138	椰 子
141	竹 子
143	荔 枝
144	橘 子
146	茶
149	香蕉和芭蕉
154	牛油果
156	西 瓜
157	百香果
159	番石榴
160	面包果
162	榴 莲
163	可可豆
165	木 瓜

167	香荚兰
169	甘 蔗
171	腰 果
172	肉豆蔻、肉豆蔻干皮、丁香和肉桂
176	山 竹
177	咖 啡

182	**人、地区&风俗习惯**
182	澳大利亚——土著居民
186	太平洋地区&亚洲人——咀嚼槟榔
189	马达加斯加岛（非洲岛国）居民
191	印度——对待动物的态度
192	北美土著
194	澳大利亚——回旋镖
196	印度——穿衣风格
198	巴布亚新几内亚——第一印象
200	英国水手的悲惨故事
202	印度——吸食烟草
203	菲律宾——人
204	日本——下水捕鱼
205	塔希提岛——人们
207	中国——前途不可估量
208	印度——花
210	日本——惩罚
211	北非——友善的阿拉伯人
213	塞拉利昂——富饶之地

214	日本人
216	北极 —— 生机盎然
218	巴拿马 —— 遍布丛林
220	俄罗斯 —— 鞑靼人
221	印度 —— 杂技演员
222	日本 —— 大阪
223	蒙古 —— 住所
225	牙买加 —— 炙热
226	锡兰（斯里兰卡）—— 人
228	太平洋岛屿 —— 文身
230	好望角居民
231	中国 —— 物产丰饶
232	蒙古国 —— 占卜
233	孟加拉国人民
235	爪哇岛 —— 染黑牙齿
236	复活节岛 —— 神秘的巨石
240	孟加拉国 —— 吉大港
242	关于阿斯特拉罕水果的奇怪传说
244	叙利亚 —— 信鸽
246	印度和孟加拉国 —— 鸦片吸食者

动物

长颈鹿

从罗马时代起,长颈鹿就开始为欧洲人熟知。公元前46世纪,尤里乌斯·恺撒(Julius Caesar)把一个有很多异域动物的小型动物园带回罗马,以庆祝他在埃及的成功,其中就有长颈鹿。令罗马人惊讶的是,长颈鹿的外表既像骆驼,又像美洲豹,所以他们给它起了一个复合式的名字:"骆驼豹"(cameleopard)。

人们争先恐后地来看这种神奇的动物。而恺撒大帝喜欢看狮子在竞技场把可怜的长颈鹿撕碎。1486年,另一只长颈鹿被带到了意大利,这次是送给极有声望的洛伦佐·德·美第奇(Lorenzo de' Medici)。史料中并没有明确记载是谁送了这只长颈鹿,只注明是一个想和意大利权贵家族搭上关系的埃及的苏丹人。

这只长颈鹿以"美第奇"长颈鹿为人所知,并且对壁画、诗歌和当代绘画中的佛罗伦萨画派[如多梅尼哥·基尔兰达约(Domenico Ghirlandaio)《博士来拜》(*The Adoration of the Magi*, 1488)]有一定影响。不幸的是,这只长颈鹿在畜舍时,头被卡在顶棚上,弄破了脖子,因此并没有存活很久。

接下来,关于长颈鹿的描述来自萨缪尔·珀切斯[1]的《朝圣之旅或与世界的关联》,其中作者收集了伊丽莎白和詹姆士一世时代的旅行者的传说:

许多生物并非英国本土生物,而是来自非洲。大象在非洲的数量很多,它们群居生活。长颈鹿,又称为索马里长颈鹿,是一种温顺却不常见的动物。这是一种奇异的动物,是美洲豹、雄鹿、水牛、骆驼的混合体,它们的长腿在前,短腿在后,凝视某物时十分吃力,它们的头位于高处,脖子向前伸展时可达体长的一半,以树叶和树枝为食。

美第奇长颈鹿死后,这种生物直到 1827 年才再次在欧洲出现。奥斯曼帝国指挥官梅米特·阿里帕夏(Mehmet Ali Pasha)送给国王乔治四世一只、法国的查尔斯十世一只、奥地利国王弗朗西斯二世一只。其中只有查理十世养的长颈鹿"扎拉法"存活了许多年。在它被圈养在巴黎植物园的 18 年里,深受人们的喜爱。现在人们将它制作成标本,在拉罗谢尔(La Rochelle)博物馆展出。

---

[1] 尽管出版了关于旅行和探险的大量游记,珀切斯本人从未离开过英格兰,他承认自己从未到过他的出生地 200 英里(1 英里约等于 1.609 公里)以外的地方。

金刚鹦鹉

1699 年由莱昂内尔·瓦弗（Lionel Wafer）撰写的《新航海及美洲地峡》（*A New Voyage and Description of the Isthmus of America*，1699）一书中，对可爱的金刚鹦鹉进行了描述：

金刚鹦鹉在此地数量庞大。它们的体型与普通鹦鹉不同，在此种鸟类中最大。它的喙像鹰的，它的尾部羽毛浓密，其中有两三根长长地拖在身后。金刚鹦鹉分为红色和蓝色两种，蓝色、绿色和红色几种明亮可爱的颜色遍布全身。其中一些鹦鹉的翅膀为红色，另一些为蓝色，喙为黄色。它们在晨间发出极大的声响，沙哑而低沉，就像男性说话说多了一样。印第安人驯养此鸟，如同我们把鹦鹉和喜鹊当宠物一样。与金刚鹦鹉亲密接触一段时候之后，人们便会教它们一些简单的话语。白天他们把此鸟放飞回树林和野生鸟类一同生存，而夜间它们自己会飞回主人的房子或院子里，主人会通过振翅声和叫声确定它们是否返回。它们能够准确地模仿印第安人说话、唱歌，也能把"Chicaly-Chicaly"像印第安人一样用音符唱出。据我之前的观察，印第安人对此非常擅长。

  这是我所见过的最美丽、最可爱的鸟了。它们的肉是黑色的,味甜质硬。

鳄鱼和短吻鳄

理查德·布洛梅（Richard Blome，1635-1705）在1678年出版的《牙买加岛概况》(Description of the Island of Jamaica)一书中对鳄鱼做出了准确的描述：

鳄鱼是非常凶猛的动物，但很少以人类为食，它们主要生活在河流和池塘中。它们只能向前快速移动，且转向很慢，所以避免被鳄鱼袭击是很容易的。一些鳄鱼体长10、15或20英尺[1]，背部带有鳞甲，不易穿透，所以除了攻击它们的腹部和眼睛之外，很难将其致命。鳄鱼有四条腿，可以用来爬行和游泳。捕食时，它们几乎不发生声响，通常会栖息在河岸上，等候到岸边喝水的野兽和家禽，然后突然将猎物抓住。为了隐藏自己，有时它们伪装成枯木或者某种死去的生物。

鳄鱼是最早被探险家们发现的野兽。贵族探险家托马斯·赫伯特（Thomas Herbert，1606-1682）最早于1634年出版了《在亚非旅行的那几年》(Some Years Travels into

---

[1] 1英尺为0.3048米。

Africa&Asia)一书。他亲眼看到了印度尼西亚苏门答腊岛的鳄鱼,并惊叹于它们巨大的体型和凶残的习性:

伴随着河水的流动,鱼群为捕鱼者与垂钓者带来了更多的欣喜,甚至令人讨厌的鳄鱼们也不能阻挠它们。这种两栖动物被认为是人类见到过的最伟大的奇迹之一:刚产下的鳄鱼蛋比火鸡蛋大不了多少,而成年鳄鱼体长能达到 8~10 码[1]。其他生物的生长周期是固定的,之后它们的身体会逐渐衰弱,而鳄鱼的体型直至死亡都在不断长大。它们的尾部比身体长,就像大象喜欢用鼻子当武器一样,尾巴是它们喜欢的武器。它们的嘴很宽,一口就能吞下一匹马或者一个人。它们没有舌头,但牙齿非常锋利,上颚无法移动。即使腹部被刺穿,它们的背部也坚固到利器无法穿透。

自然学家们对研究全世界的各种鳄鱼乐在其中。乔治·爱德华兹(George Edwards)在他死后的 1776 年出版的《乔治·爱德华兹生活和工作备忘录》(*Some Memoirs of the Life and Works of George Edwards*)一书中写道,一些生活在印度河流中的大鳄鱼死后会被运回伦敦:

窄嘴鳄鱼的腹部已被切开。其中三只于 1747 年从孟加拉国运送给已故国王的御用物理学家米德博士。两只保存在他的收藏品中,另外一只送给了对鳄鱼饶有兴趣的肯农夫人。在这些杰出人物死后,这些鳄鱼归属于伦敦的詹姆斯·莱蒙(Mr. James Lemon)先

---

[1] 1 码约为 0.9144 米。

生,为表示对爱德华兹先生的感谢,其中一只赠予英国皇家学会。

像鹅的喙一样,牙齿小而尖利,嘴部狭窄是这种鳄鱼最大的特征。

另外一个奇特之处是,它圆滚滚的大肚子像一个敞开的口袋,和它圆圆的臀部自然地融为一体。像美洲动物负鼠一样,在遇到危险的时候,鳄鱼的幼崽可以在此躲避。帕森斯博士给出了他的见解:敞开的腹部是自然形成的,没有任何被切开或者撕开的痕迹。在其他方面,它和其他鳄鱼的特征完全一致:极其强壮,背部有方形的鳞片。幼年鳄鱼的鳞片是清晰而规则的,成年鳄鱼的鳞片坚硬而多节,就像老树的树皮一样。

尽管爱德华兹先生对于鳄鱼腹部的"小口袋"是为了携带小鳄鱼的说法信心十足,我仍无法找到相应的论据。另一个对于鳄鱼做出错误假设的探险家是约翰·弗朗

西斯·吉梅利·卡内里（John Francis Gemelli Careri，1651-1725）博士。吉梅利·卡内里是一名意大利探险家，在旅途中进行货品贸易所取得的收入支撑了他为期5年的旅行。尽管他是一位受过良好教育的律师，但他对自然历史知识的掌握还是有所欠缺。他在菲律宾遇到鳄鱼的经历在《环球航海》（A Voyage Round the World，1700）一文中有所描述：

"鳄鱼天神"因其特有的习性而与众不同。第一，雌性鳄鱼能够成功地在很短的时间内将50只鳄鱼吸引到河流和湖水中。这对附近的人们是极大的悲剧——夺取他们性命的并不是自然环境——途经此地的年轻人被守候的鳄鱼一一吞下，只有绕道而行的少数人躲过此劫。第二，鳄鱼没有排便的渠道[1]，而是通过把留在胃中已消化的食物残渣呕吐出来达到排泄的目的。这样，吃进的肉长时间留在胃里，鳄鱼不会天天都感到饥饿。它们感到饥饿时，只吃体积庞大的人类和猛兽。在一些腹部被剖开的鳄鱼体内，发现了人类的骨骼还有石头，据印第安人的说法，它们吞下石头是为了把腹部压平。

由于鳄鱼给鱼类和捕鱼者带来的危险，旅行家们把它们当作一种令人讨厌的有害动物。荷兰人克里斯托弗·弗莱克（Christopher Fryke）在1700年印度尼西亚的旅行记录《进入东印度群岛》（A Relation of Two Several Voyages

---

[1] 很开心，我很确定鳄鱼是可以排便的。

made into the East Indies》中写道，东印度群岛的居民喜欢在特有的比赛中打败鳄鱼：

> 河流附近常被鳄鱼滋扰。在此居住期间我们经常在夜间散步，并目睹一只鳄鱼连续几晚穿过树篱游到河里。每当它看到我们或听到我们朝它走去的声音，我们都有一种把它捉住的冲动。我们是这样做的：
>
> 找来一根长长的绳子，然后把一个结实的双钩系在上面。没有使用电缆，我们用了包裹绳。绳子被松垮地放进鳄鱼牙齿中以阻止它把钩子咬断。完成之后，我们把钩子系在一只狗的肚子下面，然后把狗放在甲板上，强行把它推到河里，然后把绳子拴到树上。很快，狗从板子上摔下，发出嚎叫声，这只鳄鱼游向它，贪婪地把它吞进嘴里。这样，钩子紧紧地钩住了它的喉咙。我们取得了巨大的成功，并用这种方式捕获了许多鳄鱼。其中最大的一只有27英尺长。将其腹部打开之后，我们发现了两只毛冠鹿[1]，还有一个黑人男孩的头颅。

无独有偶，法国旅行家约翰·莫奎特（John Mocquet，1575-1617）在西印度群岛偶遇了鳄鱼，并在其日志《非洲、亚洲、美洲、东西印度群岛及叙利亚耶路撒冷等圣地旅行记航海札记》（*Travels and Voyages into Africa, Asia and America, the East and West-Indies;Syria, Jerusalem and*

---

[1] 后来作者把这些动物描述成一种叫作"毛冠鹿"的生物，长相酷似野兔，不同之处在于它有小角。这种动物应该是鼷鳞蜥。

the Holy-Land，1696）中做了记录。对于许多食不果腹的冒险家们，下面的描述是再熟悉不过的：

> 我把鳄鱼切成块后，吃了一些鳄鱼肉。味道尚可，微微发甜，尽管已经用盐进行腌渍并调味，但仍有难以下咽之感。

莱昂内尔·瓦弗在1699年的《新航海及美洲地峡》中谈到：对于食用爬行动物，他本人也是一位行家。

> 短吻鳄和鬣鳞蜥的肉，我已经在西印度群岛的多地食用过，但我并不记得在美洲地峡见过它们。与母鸡肉和小鸡肉相比，不论是肉质还是肉汤，鬣鳞蜥的肉都更胜一筹。鬣鳞蜥蛋也非常可口，但鳄鱼蛋充满了麝香的味道，有时味道过于浓烈。

企　鹅

驻大莫卧儿帝国（1615–1619）的托马斯·罗（Thomas Roe）爵士在他的记录中写道，人们在好望角看到过企鹅。他用柏拉图式的拉丁描述把这一切展现到了人们面前：

企鹅身上有一撮向上的绒毛。它的翅膀上没有羽毛，内侧是白色的，像袖子一样自然下垂。它们不会飞，但是可以行走，队列有序。它们是一种奇怪的鸟，或者说是野兽、鸟类和鱼的混合

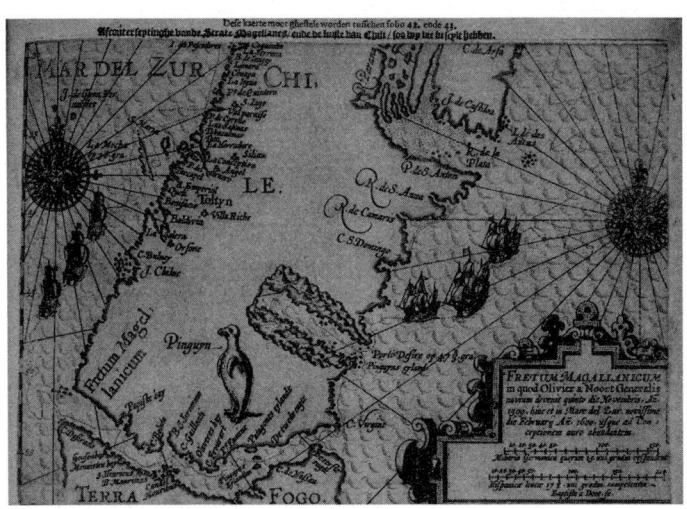

体。但是它们最像鸟，这驳斥了人们对其所下的"无羽毛两足动物"的定义。这个定义接近于企鹅的特征。

彼得·芒迪（Peter Mundy，1600–1667）在《彼得·芒迪欧亚游记》（*The Travels of Peter Mundy in Europe and Asia*，1667）中描述了他在南非见到企鹅时的敬畏之情。它们一定和他之前见到过的其他鸟类有所不同。

企鹅是一种不能飞翔的鸟，有像衣袖般下垂的翅膀，因为有鳍，它们游泳的速度快得惊人。它们以小鱼为食。它们在陆地产卵，在矮灌木下筑巢。它们不会飞也不会跑，因此很容易被人带走。它们偶尔会毫无目的地啄人。体型像鸭子但是比鸭子略大，头部和喙像鸥。走路时是竖直的，背部呈黑色，腹部呈白色，白色一直延伸到头部和眼睛四周，胸口有一道黑色的条纹。企鹅肉的口感和鱼类似。从某种意义上说，对于企鹅，我只是听说过，算是一个一无所知的初学者。

托马斯·赫伯特爵士（Sir Thomas Herbert）也在南极偶遇了一些企鹅，并在《在亚非旅行的那几年》（*Some Years Travels into Africa &Asia*，1677）中记录了企鹅留给他的深刻印象：

我们在距离 Souldania（地名）14 里格[1] 的一个叫作康尼的小

---

1 里格（league）是一种古老的测量单位，通常在航海时运用，在海洋中 1 里格约等于 3 海里，约为 5.556 千米。

岛前停驻。由于语言的流变，在威尔士语里这个岛更适合被叫作 Cainyne。小岛周长约 3 英里[1]，在这里我们邂逅了许多企鹅。企鹅有白色的头和身体，它们走路时几乎都是站立的。它们的翅膀（或者说鳍）像袖子一样自然下垂，覆盖在体表的是绒毛而不是羽毛。与鳍相比，它们的腿更有用。它们以海里的鱼和岸边的海草为食，像岛上居民一样居住在洞穴里。它们是一种退化了的鸭子。公企鹅和母企鹅分工不同，一个负责喂养，一个负责产卵。企鹅肉肥腻，有些人曾冒险食用。

航海家威廉·丹皮尔船长在《世界巡游》（*A New Voyage Round the World*，1699）中记录，他们在航海的过程中曾看到一大群企鹅穿过南太平洋。

这里的地表坚硬多沙，没有水源及灌木，除了 booby（一种海鸟），没有任何陆地动物。企鹅是一种比鸭子大的海鸟，双足尖喙，翅膀形似假肢，在水中游动时能够代替鳍滑动，身体表面被绒毛而非羽毛覆盖。因为以鱼类为食，它们的肉味道怪异，但企鹅蛋却极为美味。企鹅的身影遍布包括纽芬兰岛和好望角沿岸在内的整个南太平洋。

英国航海家们编写的《环球航行历史记载》（*A Historical Account of all the Voyages Round the World*）中记载了在福克兰群岛发现的企鹅，航海家们试图将它们带回欧洲：

---

[1] 1 英里约为 1.6093 千米。

这个岛有三种企鹅，其中一种非常高大且气质优雅，肚子雪白，后背发蓝，黄色条纹在头附近环绕一周，一直延伸至腹部并将白色和蓝色的绒毛分开。这种鸟类不喜群居，而是选择偏远幽静的栖息地。我们捕猎了其中一只，并将它带至法国。没过多久它就变得非常驯服，跟从他的驯养者。在那里，它以面包、鱼和肉为食，但是随着不断衰老，企鹅日渐消瘦，需要补充更多营养。

非常有趣的是人们对企鹅的描述如出一辙，尤其是那句"企鹅的翅膀像衣袖一样"。这很可能是由于作者们在表述之前都不约而同地参考了先前的记录和日志。这种对于企鹅翅膀形态的精准描述，有异曲同工之妙。

斑 马

以下是萨缪尔·珀切斯在他的《萨缪尔·珀切斯朝圣之旅与世界之关联》中对非洲野生斑马的描述:

每种斑马的体态都非常优美,它们像是一种精巧的马,体格不大,但速度极快,全身布满了黑白相间的条纹。

另一类似描述出自《安德鲁·巴特尔在安哥拉及比邻区域的奇幻冒险》(*The Strange Adventures of Andrew*

Battell of Leigh, in Angola and the Adjoining Regions）。安德鲁·巴特尔是一位英国的私掠船船长，1590 年被葡萄牙人劫持并被带到非洲内陆的安哥拉和刚果两国。巴特尔于 1610 年从埃塞克斯返回雷伊后，将这段经历讲述给了萨缪尔·珀切斯。珀切斯将其写入自己的巨著。据说，珀切斯的故事是对非洲内陆游记的最早记载。所以，他对野生斑马的记录应该是欧洲最早的：

　　这种动物是斑马，样子像马，但鬃毛、尾巴、侧面和腿都布满的黑白条纹使之不同于马。这种野生斑马[1]喜欢群居，因此容易遭到人类的射杀，射击三次到四次便会将斑马群驱散。

---

[1] 过去，人们认为斑马是不可驯服的，这对于相信一切事物都有存在价值的勤劳的维多利亚时代的人来说，无疑是危险信号。富有的金融家罗斯·柴尔德勋爵（Lord Rothschild，1868-1937）是众多试图驯服斑马的人之一。罗斯·柴尔德先生请来了一位著名的驯马师哈代先生驯服这种野兽。两年的辛苦调教之后，斑马被彻底地驯化。罗斯·柴尔德勋爵坐着四匹斑马拉的马车到白金汉宫宣布他的胜利："我驯服了斑马！"

袋 鼠

1688年威廉·丹皮尔船长乘坐商船"天鹅"号从西北海岸登陆,成为英国登上澳大利亚土地的第一人。而他也成为记录这种靠双足跳行的澳大利亚动物的先行者。

早在1788年澳大利亚殖民统治时期,英国人就登陆了悉尼湾。他们惊叹:这片神秘的新大陆[1]上,生活着这样一群神奇的野生动物。《新荷兰和新南威尔士发现之历史记述》(*An Historical Narrative of the Discovery of New Holland and New South Wales*,1786)中写道,在悉尼勋爵宣布他要在这里建立一个流放地之后,约翰·菲尔汀(John Fielding)将包括詹姆斯·库克船长(Captain James Cook)、阿贝尔·塔斯曼(Abel Tasman)、丹皮尔船长在内的登陆澳大利亚的先驱者们所记载的所有记述汇总起来,

---

[1] 当人们想到澳大利亚的野生动物时,立刻想到的两种动物是袋鼠和考拉。然而,由于考拉的羞涩和白天喜欢在高高的树梢上睡觉的习惯,它们似乎没有被早期的殖民者发现。事实上,直到1803年人们才第一次描述考拉。甚至当样品和图片被带回英国后,它们也没有获得应有的关注,这些动物大都处于未被记录和命名的状态。直到1821年A.沃特豪斯(A. Waterhouse)在《哺乳动物自然历史》(*Natural History of Mammals*)一书中,为它们起了一个恰当的学名——"树袋熊",它们才为游客所熟知。

以便在这个新国度的公共利益中获利。

菲尔丁的引用来自库克船长对当地野生动物的记述:

> 在这个国家,人们能见到的四足动物少之又少,如:狗以及一种被当地人叫作袋鼠的动物。袋鼠成年后,体型像绵羊一样大;而头部、颈部和肩膀占身体的比例很小;尾巴几乎和身体一样长,尾巴根部靠近臀部的地方最粗,然后逐渐变细。戈尔先生[1]猎杀的那只近乎成年的小袋鼠前腿只有8英寸[2]长,后腿却有22英寸长。袋鼠连续跳跃的时候身体呈直立,并且每次都可以跳得很远;它们的前腿保持弯曲靠近胸部,似乎只有在松土时才能派上用场;它们的皮肤表面覆盖着一层绒毛,头部和耳朵之外的皮毛颜色发灰像深色的老鼠,这一特点和兔子略相似。

约翰·怀特(John White,1756-1832)在他的《新南威尔士博特尼湾航海日志》(*A Journal of Voyage to Botany Bay, in New South Wales*,1788)中对袋鼠进行了深入而绝佳的描述:

> 我们遇到的这种动物与负鼠大体是同一物种。在库克船长非常精准的描述中,袋鼠无疑隶属于这个物种,而且它们也是澳大利亚最大的动物。其中一只被带回营地的袋鼠重达149磅。[3]这

---

[1] 约翰·戈尔(Mr John Gore)先生曾环球航海四次,他以欧洲猎杀袋鼠第一人而闻名。
[2] 1英寸为2.54厘米。
[3] 1磅约为0.4536千克。

种动物的身体构造很奇特，它后肢的肌肉极有力量，前肢力量无法与之相比，大小也不成比例。前进时，它靠两条后腿跳跃，跨越的距离为 20~28 英尺。它们的前肢短小且始终靠近胸部，样子和松鼠非常类似。袋鼠的尾巴又粗又长，向后延伸，在身体直立高速前进的时候，能帮助它保持整个身体的平衡。

袋鼠奔跑的速度远远快于灰狗，就像灰狗的速度比其他普通狗快一倍。它们是一种天性腼腆害羞且不具有攻击性的食谷类动物。从我们发现的第一只袋鼠来看，它奔跑和跳跃时不依靠前足。而在一系列的动作中，它们依靠又大又长的尾巴，但这也不是重点。这样的话，接触地面的尾部毛发就会因摩擦而脱落。不论是从大小还是从重量来看，尾巴绝对是袋鼠们用来攻击和防御的武器。因为，自然属性并没有赋予它们其他的力量。即使是成年袋鼠，它们的头和嘴也不大，似乎那只是装载牙齿的工具。尽管它们的前足短小到不成比例，却像松鼠和猴子一样，可以用来做很

多事情，比如帮助它们躺在地上。站立时，它们的前足处于较高的位置，能够尽情地发挥力量。

像负鼠一样，雌性袋鼠腹部有个育儿袋。在一些被射杀的雌性袋鼠育儿袋中，还有吸着乳头的胡桃般大的小袋鼠。其余的小袋鼠体型还没有老鼠大，我把其中品相最好的一只送给了住在高尔街贝德福德广场的威尔逊先生。

在这个国度里，很多动物都具有袋鼠的血统和天性。这里有负鼠类袋鼠，老鼠类袋鼠。事实上，除了鼹鼠及另外一种雨燕般大小的动物外，几乎所有四足动物都和袋鼠前臂前足的结构相同，而后腿的比例完全不同。

乔治·巴林顿，一位改邪归正的盗贼，成了帕拉玛塔第一位从犯人变成警司的人。他在著作《新南威尔士航行录》(*A Voyage to New South Wales*，1796) 中记录了关于袋鼠的观察：

徒步时，我经常碰到成群的袋鼠。它们的大小和鹿差不多，颜色是棕黄色，它们的头像极了产自东印度群岛的桦树皮盒子。

它们的后腿比前腿长得多，跳跃时可以带来惊人的速度。它们的前腿很短，从不着地，对跑跳毫无用处。它们的尾部有惊人的力量，遭到攻击时是反抗的主要工具。攻击时，作为武器的尾巴可以打折人类的腿骨和犬类的后背。惊人的是，袋鼠的尾巴在跳跃时也能起到协助的作用。

澳大利亚土狗比袋鼠跑得更快，但要攻击袋鼠也并不容易。土狗追逐的距离通常并不太长，花费的时间最多不超过一刻钟。

被追上后,袋鼠已经体力不支,它们没有任何机会用尾巴进攻。它会突然对狗发起攻击,抓住前爪,使用其长而有力的后腿直扑向狗,迎头击打。而且,如果这只狗有所懈怠,袋鼠可能会侥幸逃脱。

我见到了许多雄性袋鼠,它们的坐高可以达到 5.8~6 英尺。我认为,袋鼠可以击败任何犬类。但我从未独自冒险去观看这样的恶斗。从有人偶然送我几只澳大利亚土狗开始,我对捕猎袋鼠产生了浓厚的兴趣。在牲畜匮乏的当下,袋鼠肉仍不是一种人们乐于接受的礼物。

在 J. K. 亚瑟(J. K. Arthur,1894)在《袋鼠和贝壳杉》(*Kangaroo and Kauri*)中有更为新颖奇特的记载:

据说,这种动物有蝗虫一样的后腿、老鼠一样的前爪,它的皮毛有点像兔子,有的地方像老鼠。袋鼠妈妈胸前有个育儿袋,这是袋鼠宝宝成长的摇篮。它像一个安全而温暖的居所,保护袋鼠宝宝免受疾病和危险的困扰。

鹈 鹕

莱昂内尔·瓦弗的《新航海及美洲地峡》一书中提到，帅气的水手们用猎杀的鹈鹕制成各种配饰。

鹈鹕是一种体型很大的鸟。它的喙很长，腿像鹅一样很短，长长的脖子像天鹅一样轻盈向上，羽毛呈深灰色，蹼足。它的喉咙下面是喉囊，充满海水和食物时，像人的双拳一样大；喉囊呈灰色，由一层薄膜组成。渔夫们捕杀鹈鹕，并用它的喉囊制作烟袋。烟袋晒干后，可装下一磅重的烟丝。制作烟袋的过程中，在喉囊中悬放一颗子弹，可以帮助喉囊定型。鹈鹕飞行低而笨重。我们在其嗉囊中只找到了充当其食物的鱼类，在其喉囊和胃中也发现了鱼。

麋鹿和驼鹿

《北美洲和南美洲历史》(The History of North and South America,1776)一书中对麋鹿进行了警示性的描述:

此类动物的形态像马也像骡,皮毛由亮灰色和暗红色交织而成。它们喜欢生活在寒冷的地区,冬季没有青草的时候,它们以树皮为食。在捕杀时靠近它们是十分危险的,有时它们一个猛冲就能把捕杀者踩成碎片。

这本书中也有对驼鹿的描述。人们只能想象欧洲人第一次见到这种巨大的动物时的情景：

驼鹿是美国及周边国家中最奇特的动物之一，可分为两类：一种是普通的浅灰色驼鹿（外形像其他的普通鹿一样），它们有时30只一群；另一种驼鹿又大又黑，体型能达到公牛的大小，颈部像成年牡鹿，肉质鲜美。当鹿角发育完全后，能达4~5英寸长，每个角上还有一些小的角枝，向四周延伸约6英寸长。穿越茂密的树丛时，它们会将头转向颈后，这样鹿角就不会被树枝缠绕。据说，这些巨大的鹿角每年都会脱落。但这也许是民间不靠谱的说法，就像人们说大象每年会长出新的象牙一样。

实际上，雄性驼鹿的鹿角每年会在交配季后脱落，而后需要3~5个月的时间长出新的鹿角。

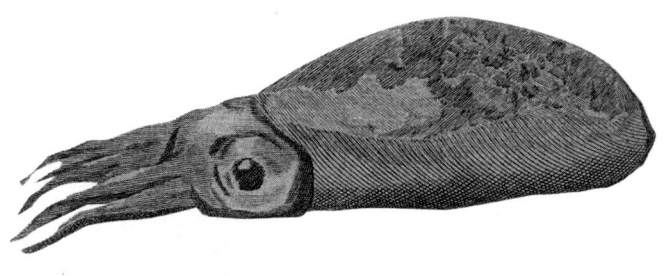

乌 贼

一些较早的记录中描述了探险家在遇到陌生怪兽时的奇妙经历。在约翰·傅兰雅（John Fryer，1650-1733）的《东印度与波斯九年旅行之新记述》（*A New Account of East India and Persia being Nine Years Travels*，1672-1681）一书中概述了遇到乌贼时的奇特情形（现在人们谈到乌贼仍会把它说成是一种外形奇异的怪兽）：

乌贼是一种狡猾的深色动物，遇到强敌时会喷出浓密的"黑墨"逃生，但我从未目睹。而更为神奇的是它们怪兽般的体型：乌贼的躯干呈深色，头部有一硬块，没有鱼鳞。它们的眼睛很大，腕的形状像希腊神话中蛇发三姐妹一样，盘旋时的样子又如同蛇，石灰质内壳位于躯干部位，样子像蜗牛的壳。乌贼的嘴位于躯干下面，形似鹦鹉的喙，呼吸靠颈部两边的腮来完成……墨囊位于胃部。

响尾蛇

对于现代人来说，有时探险家们对自然世界的看法会显得古怪有趣。在 1776 年出版的《北美洲和南美洲历史》一书中，作者描绘了自然界的丛林法则：

在这个国家，响尾蛇似乎是唯一值得我们关注的爬行动物。它们体长 5~6 英尺，其中一些体型粗大。响尾蛇最独特之处在其尾部，鳞片像铠甲。据说，这些鳞片每年会增长一圈。人们通过尾部鳞片的圈数来判断它们的年龄[1]。移动时，它们会发出"咔嗒咔嗒"的响声，它们也因此得名。被响尾蛇咬伤后，如果不及时诊治会危及性命。而在它们潜行的地方，都会有一种特殊的植物恰好能够治愈伤者，这也许就是上天的安排。幸好响尾蛇只有在被激怒时才会袭击路人，并且在猛冲向人之前尾巴也会敲击三下。

---

1 实际上，响尾蛇蜕皮时尾部会发出响声。一年中，幼年响尾蛇蜕皮次数可达多次，而成年响尾蛇有时不足一次。因此，尾巴发出声响的次数和它们的年龄没有关系，而是和蜕皮次数有关。

变色龙

罗马帝国学者普林尼（Pliny，23-79）在《博物史》（*Naturalis Historia*）一书中描述到：变色龙是一种极富魅力且可以变换颜色的爬行动物。但事实上，普林尼似乎并未亲眼看到过变色龙。因为在他的描述中，这种动物和鳄鱼的体型一样长。然而，他的描述却使人们打开了想象的翅膀。

17世纪，国王路易十四曾将一只变色龙养在凡尔赛宫的小动物园内。它死后，一些当时著名的自然学者在皇家科学院将其解剖。其中一位学者克罗·德佩曼在（Claude Perrault）《皇家科学院回忆录》（*Memories de l'Academie Royale de Science*）一书中写道：变色龙是一种闻名于世的动物，它多变的颜色和进食的奇特方式是几个世纪前的自然学学者们欣赏和研究的典范。

非常有趣且值得一提的是，在尼古拉斯·威沃特（Nicolas Villault，1670）关于变色龙的著作《非洲海滨之国——几内亚概述》（*A Relation of the Coasts of Africk called Guinee*）中驳斥了变色龙可以变换身体颜色的重要观点：

它们外形看起来像龙，也像大型蜥蜴；与蛇和鳄鱼一样，它们的体型极长；正如想象中的那样，它们其实不会变换颜色。这种动物体长与法国绿蜥蜴类似，其表皮像坚硬的玻璃一样，在不同的环境中，它们的身体可以反射出不同的颜色。正因为如此，人们才得出它们会变色的错误结论。

之后的《水手约翰·维洛克的航海冒险》（*The Voyages and Adventures of John Willock*，1798）一书中，作者对变色龙做了精确而绝佳的描述：

我们的水手中有人曾抓到过变色龙，那是我唯一一次见到这种动物。从鼻尖到尾部，这种动物长 7 英寸。它的头和脚与青蛙类似，四肢很短。这种动物的奇特属性之一是它可以变换身体的颜色。人们可以在多林木的地方，尤其是灌木丛和树丛里找到它们，此时它们的颜色与周围的植物完全吻合。据说它们以昆虫为食，但人们从未见它们吃任何东西。满足它们觅食需求的也可能是苍蝇或其他昆虫[1]。

---

[1] 他的意思可能是它们只吃会飞的昆虫。

海 象

舰长菲普斯（Phipps，1744-1792）所著《应陛下谕北极发现之旅航海日志》（*Journal of a Voyage undertaken by order of His Present Majesty for making discoveries towards the North Pole*，1788）中有如下关于海象的精彩描述（尽管在当时它们似乎尚未以这个名字而被人熟知）：

这种"海马"是高纬度地区特有的生物，因此更罕见。很难说清它名字的由来，因为海马和陆地马之间的差异，就像鲸鱼跟大象的差异一样。这种动物形状似封条，有一个大圆脑袋，体型大过一头公牛，比起任何其他我们熟悉的动物，其形状更像一只没有耳朵的哈巴狗。身形呈锥形直至尾部，就像圆鳍鱼（海参斑鱼），大小如大号的斧头一般。牙齿在下颚附近，下巴和老野猪的相似，长度从一英尺到两英尺多，与其食用的动物体型大小和年龄成比例。皮肤比公牛的厚，体表覆盖着鼠灰色的毛发，时尚且保暖，恰好符合当下的时节。它的前、后爪都像鼹鼠，游泳时当桨，爬上冰面或岸边时，当腿爬行。这是一种凶猛的动物，但在陆地或冰面上很容易被制服。

这些动物总是成群结队地出没，有时甚至上百只一起出现。

如果其中一只受到攻击，其余的就会做同一件事儿，即：彼此站在一起，直到咽下最后一口气……据了解，其中一些动物用自己的牙齿在船底凿洞，用来防御年轻同类的攻击。这些动物眼睛很大，脖子上部有孔，这些孔会喷水，就像鲸鱼喷水那样。

随后莱斯利（Leslie）教授、詹姆森（Jameson）教授和休·默里（Hugh Murray）教授在1844年的《极地海域和地区的发现与冒险》(*Discovery and Adventure in the Polar Seas and Regions*)一书中写道，我们人类一如既往地发现了利用自然奇观的新途径：

北极圈的海岸和边界栖息着巨大的两栖动物种群。这些动物似乎填补了鲸鱼和四足动物之间的过渡部分——即海洋哺乳动物和陆地哺乳动物。其中就有可以与四足动物相似又不同的莫尔斯海象或海象（海牛属）。根据人们的不同印象，水手们给这些动物起了海马或海牛的称呼。这种动物体型庞大，身材笨重，长度从12~15英尺不等，圆滚滚的身形周长为8~10英尺；头部小，四肢短，鳍和腿之间呈躯体状。为抵御极端寒冷的气候，这些动物不仅有1英寸厚的皮肤，皮肤上还覆盖着浓密的毛发，并且有同其他鲸类动物一样的油性脂肪涂层，覆盖全身。因此，即使在冬天最寒冷的时候，它们也能平躺在冰面上，不会感到任何不适。然而，海象最显著的特征是两根"象牙"，它们从上颚呈曲线延伸长出，长度可达2英尺。海象的牙齿是美丽的白色骨质，可以和象牙媲美。

狮　子

自罗马时代以来,狮子就在欧洲久负盛名,有时被出口到动物园进行展览,或被训练表演马戏。狮子迅速成为王室贵族的象征,代表着勇敢和高贵。欧洲文化广泛传播了狮子的形象,即使普通人也熟悉狮子的外貌。但相比于外形,探险家们更多的是被狮子的个性所吸引。

英国地理学家萨缪尔·珀切斯于《朝圣之旅或与世界的关联》中记载了狮子凶残的性格:

严寒地区的狮子性格相对而言比较温顺,热带地区的狮子则更加凶猛,即使面对 200 名全副武装的骑兵也不会当逃兵。

《约翰·史密斯在欧亚非和美洲的旅行、冒险和见闻》(*The True Travels, Adventures and Observations of Capitaine John Smith, in Europe, Asia, Africa, and America*,1630)一书则描述了在摩洛哥捕获的,一只非常忠诚的狮子的悲惨故事:

在炎热的日子里，距离阿特拉斯山脉不远处，一只大狮子一边给自己洗澡，一边教幼崽们在考兹夫河里游泳，这真是良好的教育方式啊。她在河里一只接一只地把小狮子们放在一起。摩洛哥人通过观察发现了机会，当河水将母狮和幼崽分开时，偷走了其中四只幼崽。母狮发现后，全速游过河，靠近捕猎者。捕猎的人故意放下一只幼崽（带着其余幼崽逃走了），母狮用嘴叼着这只幼崽返回自己的巢穴。捕猎者把另外的一只雄性和一只雌性幼崽送给了阿切尔（Archer）先生，它们在国王的花园里成长。后来雄性小狮子杀死了雌性小狮子。之后，阿切尔先生让幼崽像小宠物狗般躺在自己的床上，直到这只幼崽长到像马士提夫獒犬般大的体型——在阿切尔先生看来，这只狮子比任何狗都驯良温和。返回英格兰后，他把狮子送给一位来自马赛的商人，这名商人后来又将其呈送给法国国王，法国国王又转赠给了詹姆斯国王。就这样，这只狮子在塔楼里生活了7年。约翰·布尔（John Bull）先生照料过它，随后布尔又做过阿切尔先生的仆从，他和各界的朋友们一起去看望狮子，以为狮子根本认不出他来。

然而，在布尔看到这只罕见的野兽之前，它就已经闻到了布尔的气味。它伏叫、呻吟、翻滚，向饲养员表达欢迎；布尔获胜了，饲养员打开了栅栏，布尔走了进去：它舔着主人的脚、手和脸，反复地跳来跳去，围观的人都很惊讶，狮子竟比狗更会讨好主人；狮子见到熟人心满意足，一跃而起，穿过栅栏跳进笼子。但当狮子看见朋友离开，它吼叫、咆哮、抓挠、哀号，没有表达出无限的愤怒和悲伤，随后的4天内，它不吃不喝。

《阿尔及尔土耳其人俘虏的英国商人 T. S. 先生历险记》(*The Adventures of Mr T. S. an English Merchant Taken Prisoner by the Turks of Algiers*，1670)一书的作者，在摩洛哥见到过狮子，他也被狮子的性格深深打动，以至于更喜欢在作品中将野兽拟人化。

我们看到了好几种狮子；当夜幕降临，豺狼开始吠叫的时候，狮子侵入了它们的洞穴。

最高贵的狮子被称为皇狮，它个头最大，最强壮，其体型和其他狮子略有不同，叫声更粗犷。当其他任何动物遇到这样一头皇狮，似乎都对它肃然起敬。在捕猎行动中，它更加严肃，追捕猎物时更加凶猛，承担最大的危险却毫不畏惧。

还有一次，在1696年去亚洲、非洲、美洲、东西印度群岛、叙利亚和圣城耶路撒冷的旅行中，旅行者约翰·莫奎特在摩洛哥对狮子进行了观察，认为狮子高贵的品质使其成了典型的皇室的象征：

在这之后，我去看了狮子，它们被关在一间大而破旧的房子里，房子顶部镂空，必须爬上一层楼梯才能看到它们。我还遇见了许多不寻常的事，最值得一提的是一只被作为食物丢到狮群里的狗，狮群中最年长、最威严的狮子捉住了这只被扔在爪下的狗，仿佛会将它一口吞下；但在此之前，狗想和狮子一起玩耍，就这样，狗讨好狮子，明知狮子拥有强大的力量，却用牙齿轻轻地给狮子喉部的一块结痂挠痒痒；狮子对此很高兴，不仅耐心地忍受着，还为狗提供保护，使它免受其他狮子的伤害；因此当我看到这只狗的时候，它已经和这些狮子一起生活了7年，正如饲养员克里斯蒂安·斯拉夫（Christian Slave）对我描述的那样。他告诉我，当他们给狮子喂食时，狗也吃，甚至有时会把肉从它们口中抢出来；当狮群争抢食物时，狗尽其所能分开争斗的狮子们，当看到此方法不奏效时，它会本能地发出犬吠声，此时狮群（害怕狗的犬吠）会停止撕咬，和睦如初。

老虎和豹子

在从亚洲到俄罗斯和土耳其的大陆上，虎群曾在此游荡。像狮子们一样，它们成为神话和传统民俗中典型的代表。1758年，生物分类学之父卡尔·林奈（Carl Linnaeus）在《自然系统》（*Systema Naturae*）一书中，第一次正式对老虎（猫属虎亚种）和豹（猫属豹亚种[1]）进行了描述和命名。

由于拥有美丽的皮毛，大型猫科动物长期以来一直是猎人所热衷追捕的目标。克里斯托弗·史怀哲（Christopher Schweitzer）在他的作品《1675年到1683年穿越东印度群岛游记》（*A Relation of a Voyage to and through the East Indies from the year 1675 to 1683*）中，描述了锡兰（斯里兰卡）的老虎。他用近乎肯定的口吻描述，豹子和老虎一样，都不是斯里兰卡本国原有的动物：

老虎在当地数量庞大，对人和动物，特别是牡鹿和鹿，构成

---

[1] 自1912年以来，豹子以拉丁文"Panthera pardus"（虎）广为人知。直至雷吉纳德·波考克（Reginald Innes Pocock）提出了新的物种名称，才在一定程度上解决了关于豹子物种分类的争议。

了巨大的威胁。老虎臀部硕大,身体更长,身上有黄色和白色斑点,形态似猫。其肉发白。虎皮可以制成腰带、套子等,且常用作箱子和盒子的盖单。虎皮具有麝香的气味,猎人们会根据风吹来的香味发现它们。正因如此,在猎人追逐野兽的时候,会巧妙地避开它们。

《东印度与波斯九年旅行之新记述》一书中,约翰·傅兰雅记载了关于印度尼西亚老虎[1]的描述:

我们的一名年轻士兵,在追逐虎群的过程中杀死了一只老虎。它是由30~40个人带来的。当他们把它带到房子里时,发现它有三处伤口,一处被两枚子弹穿过头部,另一处子弹斜穿至肩膀,

---

[1] 老虎曾经遍布印度尼西亚群岛,但是爪哇虎和巴厘虎现在都已经绝迹,只剩下濒临灭绝的苏门答腊虎。

第三处在其腿部。它是一种体型最大、品质尊贵的物种。除尾巴外，体长5英尺，高3英尺半，有淡黄及黑色的条纹，像虎斑猫，耳朵短，嘴唇上有一些绒毛。它外表凶猛强健，咬牙切齿。出于痛楚，其中两只牙齿紧咬在石块上，它的肩膀和前肢粗壮结实，爪子如最大的拳头一样伸展着，又厚又壮。

詹姆斯·福赛斯船长（Captain J. Forsyth，1838-1871）在《印度中部的高地》（*The Highlands of Central India*，1871）中讲述了一段能给人些许安慰的关于印度老虎的故事：

一个人独自在森林生活时，难免会认为故事中的老虎会出现在茂密的热带雨林中的每个角落；直到每一次与老虎相遇的机会都落空后，才会意识到老虎在丛林中袭击一个漫步者的概率是极低的。在印度的10年时间中，我一直在老虎出没的中部省份游荡。其间只遇到过三次老虎，一次是在我没有外出打猎的时候，还有两次是在我专程搜索并狩猎老虎的时候。事实上我相信，除了在远近闻名的食人谷，不管是在这片热带雨林，还是在印度的其他任何地区，都没有危险。

会"伪装"的羔羊

在异国他乡的生活经历使一些人非常热衷于记录每一次看到的神奇野兽。以下这段描述是关于一种神秘的动物,引自《阿尔及尔土耳其人俘虏的英国商人 T. S. 先生历险记》。作者是一位被囚禁在奥斯曼帝国长达 5 年的英国人。

我几乎忘了一种奇怪的自然生物;当时我们正在山谷间奋力赶路,出现的动物看起来像一只白色羔羊,但体形又略有不同。但是当它发现我们正成群结伙靠近时,逃到了我们面前;我们的队长认为这只乱窜的羔羊是当地山区原住民家里的。恰好当时我们伙食不足,他便派一些人把这只动物赶进附近陡坡中的密林里,并指示我和猎人一起将其捕获。我们朝它走了一百步之后,它比平常更加慌乱,开始在树丛间穿梭移动;它变得疲惫不堪,肥硕的身体使之很难逃脱我们的追捕。不料,我们却在灌木丛的边缘跟丢了它。这个小东西发现我们离得这么近,马上跑到灌木丛深处,让我们找不到它,原有的白色瞬间和灌木丛融为一体,这个意外的改变给我们带来了很大的麻烦。我们恐怕再也找不到它了,同行人员给枪上膛,欲将其吓出。听到声音,它吓得一跃而起,连忙逃命；几乎没有人相信它就是前面那只动物，但还是有些人不放弃冒险，继续追捕着那只白色野兽：追击者射中它的一条腿，然后呼喊着请求增援，于是这只假羔羊被抓住了。我们成了奇迹的见证人：这只野兽的体型和之前一样，但颜色不再像之前一样呈白色，乳白色变成了黑灰色；表皮是羊毛，头像狼，但没有狼那么长，牙齿尖锐，眼神犀利，身体后部像一只羊——这是我见过的最奇怪的生物之一。我想知道它如何将白色的羊毛变得如此不同，我猜想这是学者们曾提到过的伪装本领一流的野兽，它可以变成和所处环境一样的颜色。

作者似乎确信这是一只可以改变颜色的奇怪野兽，而没有考虑到进入灌木丛的是一种动物，出来的却是另外一种。

火烈鸟

威廉·丹皮尔船长在《世界巡游》一书中写道，他在佛得角目睹了神圣的火烈鸟：

在这里，我也看到一些野禽，特别是火烈鸟。这是一种身体呈红色的禽类，体形像苍鹭，但比苍鹭大得多。它们生活在池塘或泥泞的地方。我们大约拍摄了14只火烈鸟，它们非常害羞。它们用泥土筑的巢搭建在池塘或死水中较浅的区域。这些巢像小丘一样隆起，向上倾斜，露出水面两英尺，顶上有个洞，它们会将蛋产在洞内。产卵或孵化时，它们靠两条长腿长时间站立在靠近小丘的水中，因此它们只能用炫丽的尾部羽毛遮住洞口；因为如果坐在所产的蛋上，身体的重量会将其压碎。火烈鸟的幼鸟不会飞，但跑得很快，只有长到10~11个月大时，才会呈现自身应有的色彩和体形。它们的舌头很长，靠近舌根处有一块肥肉。

大　象

自罗马时代以来，大象就在欧洲久负盛名。它们庞大的体型给那些首次在野外亲眼看到大象风姿的人留下了深刻的印象。在理查德·伊登（Richard Eden）所著的《约翰·洛克赴几内亚米那地区航行记》（*Account of John Lok's Voyage to Mina*，1554）一书中，作者在时任伦敦市市长（1558年卸任）的安德鲁·朱得（Andrew Judde）爵士的住宅内，第一次见到大象的头颅——作为稀世之宝装饰在屋内。

在最后一次航行中，从几内亚带来了巨大的大象头骨。其中一根骨头或颅骨旁边连着下巴和巨大的象牙，重约200英担[1]，我勉强可以把它抬离地面；因此，考虑到这两根巨大象牙的重量，再想想下颚连着牙齿、舌头、垂着的大耳朵、又大又长的象嘴和象鼻，所有的象肉、象脑和皮肤，以及其他属于头部的重量。根据我的判断，这头象的总体重略小于500英担。这位首席潜水员已经在受人尊敬的商人安德鲁·朱得爵士的家里见过大象头颅，

---

[1] 1英担约为50.8千克。

我也在那间屋里,不仅用眼睛,还用心灵注视欣赏过大自然用智慧凝聚成的杰作;如果忽略这一层面,光是看到这样奇特的庞然大物,可能会在新奇感过后,考虑用它来赚钱。

作者本人后来去非洲旅游,亲眼看到活蹦乱跳的大象,感到十分欣喜。

大象的体型在所有四足野兽中最大,它们前肢比后肢长,后腿下面有踝关节,脚面五个脚趾紧紧并拢;长鼻子或称为象鼻,如此之长,有时候它的作用就相当于大象的一只手,吃食的时候直接用它把食物送进嘴里。有了象主人或者饲养员的帮助,大象可以推倒树木。除了利用两颗巨大的象牙,它的嘴两边各有四颗牙齿。有了这些牙齿,大象可以轻易地嚼碎生肉,这些牙齿长度差不多,沿颚部生长,高度约为两英寸,几乎与其厚度相同。雄

性大象的象牙比雌性大象的象牙更大。象的舌头很小，在嘴里靠后的位置，几乎看不到。大象在众野兽中最温顺。

爱德华·特里（Edward Terry，1590-1660）在印度看到大象后，进行了细致的观察，在他的著作《东印度群岛之航——令我印象深刻的那些事》（*A Voyage to East-India: Wherein Some Things are Taken Notice of*，1655）中写道：

大象是非常庞大的生物。我见过的一些大象，我猜想它们至少有12英尺高。听人说，象群里面还有14英尺或15英尺高的象。它们的颜色都是黑色；皮肤厚而光滑，上面没有毛；有大而圆的眼睛，但比起它们伟岸的身形，就不成比例了。大象像公牛一样有耳朵，但耳朵并不是特别大，边缘像衬衫的毛领边。尾巴细长，但不是特别长，尾部有与耳朵旁类似的毛发，眼皮上也长着这样一些毛；但大象身体其他部位都没有毛。

大象的脚看起来像从树上切下来的小树干，四周长着厚厚的、短而宽的脚趾。

有些描写大象的作者认为，大象的双腿没有关节，必须靠树木支撑，站着睡觉，这是完全错误的看法，简直是在愚弄整个世界。事实上，像其他所有野兽一样，大象会躺着，并且想起来的时候就起来。

不幸的是，不是所有去非洲的旅客都是为了欣赏大象；有人是为了在那里狩猎。乔治·巴林顿在著作《新南威尔士航行录》中讲述了他在非洲狩猎大象的经历：

其中一个霍屯督人（当地土著科伊族人，这个词现在被认为是贬义的）爬上一棵树；在周围观察一圈后，用手指敲着嘴巴，以示让我们保持沉默，然后多次张开、合上手掌（这是行动之前的一个信号），让我们了解他发现了多少只大象……

几分钟的工夫，我已经非常接近其中的一头巨兽，只是当时我没有立即察觉这一点。我并非被恐惧感迷住了视线，但是我几乎无法相信，下面那头一动不动的庞然大物，就是我们一直所希望征服的动物。不难发现，我们所在的小丘刚好位于猎物背后；我仍然在望着远处，并把猎物当成我附近的一块岩石，而不是一只活生生的动物。霍屯督人用极不耐烦的语调喊着："看，看那儿，它在那里。"最后，它一连串动作引起了我的注意，之前隐藏在头部和象牙之后的巨大身体转向了我。"先生，紧紧跟在我身后，不要浪费时间，不然猎物就跑了。"我立刻按照他的样子，两枪都射到大象的头上；大象步履蹒跚，然后倒下。它巨大的叫声惊到了其余的30多头大象，它们拖着沉重的身躯匆匆奔逃。

克里斯托弗·史怀哲在他的作品《1675年到1683年穿越东印度群岛游记》描述了锡兰（斯里兰卡）的大象：

在野生动物中，我会先讲大象。这里的大象比其他国家的大象更温顺、更安全。因此，人们捕捉了许多大象，驯服它们并将它们用于战争，或作为礼物送到波斯王国、苏拉特、大莫古尔等几个地方；荷兰人自己也在战场上使用大象。

我一直非常好奇，也一直在探寻这些大象的本性、性格；我与那些捕获幼象的人交谈，并在他们的帮助下自己抓了几头。在它们身上，我找到了证明它们狡猾的大量证据；它们记忆力也很好，几乎可以算是很有理性的动物了。它们永远不会忘记主人善待它们的一面，同样也不会忘记对其粗暴和残酷的行为进行复仇。

当大象被捉住和驯服时，它们便永远无法结伴生活。它们会照顾幼崽7年[1]，被捉的野生雌象已经展现了这一点。这些雌象被关在马厩里，平时在节日庆典上表演，在被捉后，会抚育幼崽7年。

除了尾巴和耳朵，它们身体的其余部分没有毛。它们对游泳很在行。大象能存活200年以上，有人已经见过一些长寿的大象了。8头到10头或20头的大象会结伴在树林里穿行。象群跟着类似国王的领头象走，幼崽走在队伍中间。

大象的肉不适合食用，象皮过于厚实，对于那些想要把大象的皮穿在身上和准备穿上身的人而言毫无用处。象肉在两天或三天之内会腐烂发臭。人们把尾巴上的象毛做成戒指戴在手指上，以预防痉挛。这是一种已被人们认可的疗法。

似乎有一种普遍流传的说法，大象无法下跪。一些探险家讲述过这个事实（通常是反驳）。《约翰·史密斯在欧亚非和美洲的旅行、冒险和见闻》这部作品对刚果大象进行了描述：

大象在这些省份中广泛繁殖，且数量庞大；有些报道说它们不能跪，也不能躺。但其实这两者大象都能做到，像其他生物使

---

[1] 事实上，大象怀孕的周期为20个月。

用关节一样，大象也有关节。它们会为摘下树上的坚果用前腿跃上树木扯下树枝，会以同样的力气摇晃一棵大椰子树，也会用象牙顶倒一棵普通的树，用象鼻把树上的叶子、薹草和长草、椰子和各种浆果食物放进嘴里，用较小的牙齿咀嚼。

佩德罗·费尔南德斯·德·基罗斯（Pedro Fernandez de Quiros，1565-1615）在菲律宾偶遇过会工作的大象，这给他留下了很深刻的印象。在《1595年至1606年佩德罗·费尔南德斯·德·基罗斯之旅》（*The Voyages of Pedro Fernandez de Quiros 1595 to 1606*）一书中，德·基罗斯讲述了一些关于这些巨兽的奇闻轶事，揭示了大象拥有的智慧和品格：

这是一个神奇的景象：我曾亲眼看到三头大象被带入广场，其中一头最大的名叫唐·费尔南多，是柬埔寨国王应前任总督的要求而赠予的。每一头象身上都有一名印度驯兽员，他们通过言语和一个铁钩自如地向大象发出指令。驯兽员坐在前面，拿着赶牲口用的尖棒，让大象跑步、前进，用膝盖下跪，身体向上抬起。此外，还有其他值得一看的大象表演。这个钩的作用和马笼头一样。

几天之后（据人们所说），当这头大象在河里饮水的时候，被一条体型巨大、身体肥硕的鳄鱼盯上了。这条鳄鱼已经在这条河里夺走了很多当地人的性命。鳄鱼一口咬住象鼻，当大象察觉时，它像用钓鱼竿轻松钓起一条鱼一样，轻松地举起了鳄鱼，毫不犹豫地把鳄鱼摔在地上。如此巨大的鳄鱼，重量和一头肥壮的公牛差不多。

他们还说，这头大象牙龈上有脓肿，被当地的大象驯养员治好了，但痛楚仍然令大象挥舞着象鼻，差点弄伤了他。当大象即将治愈时，驯养员对他说："唐·费尔南多，我很生气，为了回报我为你所做的一切，你居然恩将仇报想要杀死我。我们的主上——国王陛下送你到这里，派我陪伴照顾你，如果他知道这一切，会怎么想？看着你因为生病不能吃东西，日渐消瘦，很快会死，而我没有任何过错。张开嘴，如果你愿意，现在我会像一个朋友一样治好你，忘记你曾对我造成的伤害。"大象用象鼻绕着一个架子走了两圈，张开嘴巴，一动不动，接受治疗，呻吟声透露出它所忍受的痛苦。就这样，它被治好了。

人们告诉我，另一头大象向当地的驯养员复仇。此人经过门口时，大象把他压扁，杀了他。男人的妻子对大象说："唐·佩德罗，你杀了我的丈夫。现在谁来供养我？"大象去了市场，拿了一篮米饭给她，看她吃完后，又拿了一篮，然后又拿了一篮。这些动物的举动不可思议，而且奇妙的是，不管对它说何种语言，大象都能理解，就像我所看到的一样。大象被西班牙士兵包围，突然，其中一个士兵让大象把车前草从口袋里拿出来，当大象发现根本没有车前草的时候，就用象鼻拿了一些泥土，扔到了欺骗它的那个士兵脸上。

大象不仅具有运输的本领。在《彼得·芒迪欧亚游记》中，他遇到了印度的战象：

印度人还使用像大象一样的野兽（如野生水牛等）进行战斗。斗象是很少见的，但是为了取悦国王，有时就会斗象。有时候一周两次，视情况而定。一般是在阿格拉地区的星期二和星期六下午。这种战斗，部分来自我的见闻，部分是道听途说。首先，参加战斗的通常是两头，有时候可能是四头或六头。国王来到河边或窗前，窗口朝着河中央，大象的位置就在这个窗口正前方，它们被带到这个指定的地点。大象饲养员坐在大象的脖子上。他们用语言命令大象们前进，一个接一个地跑，象鼻高举，头挨着头。大象用象牙全力推搡，饲养员把它们分开。有时候，大象并不会服从语言的命令。这时候人们就会把烟火挂在长竹杆和棍棒上，在大象周围点燃。爆炸声、火光和烟把大象彼此隔离开（因为人们比较害怕大象），然后再让大象聚在一起。有时候，一头象用力驮着另一头象，直到其中一只认输放弃，以此赢得胜利；如果两头象势均力敌，有时候一头象会把对方推翻和压倒，然后躺在它身上，用象牙推搡、踩踏或叠罗汉式地压在它身上，因为它们既不能踢，也不能咬，也不会抓挠。大象之间进行的这种打斗规模大、力量强，人们会把象牙从中间锯掉，绑上威力更大的铁器和铜器，因为如果让大象使用整个象牙，威力会危及和破坏一切……大象饲养员或向导经常在斗象中受伤，有时很快又会站起来；但有时就直接被大象杀死了。还有一些人骑在马背上去追象，对大象而言，这些人太敏捷了；因为大象不能疾驰，只有把马铲倒，它才能跑得比人快。

海 豚

在《东印度群岛之航——令我印象深刻的那些事》一书记录的旅途中,人们注意到了一些事情……爱德华·特里写了一篇他从船上观察到海豚的故事。它们以可爱又古怪的形象出现,凝视着眼前的庞然大物——船。故事在饥饿的水手们之间是这样流传的:

海豚是一种鱼,游得很快,被称为"海中之箭"。它之所以不同于我所观察到的其他鱼类,在于它舌头上方有许多小牙齿;它的眼睛、嗅觉和味道都很讨人喜欢。它的颜色可变,鱼鳍像斜齿

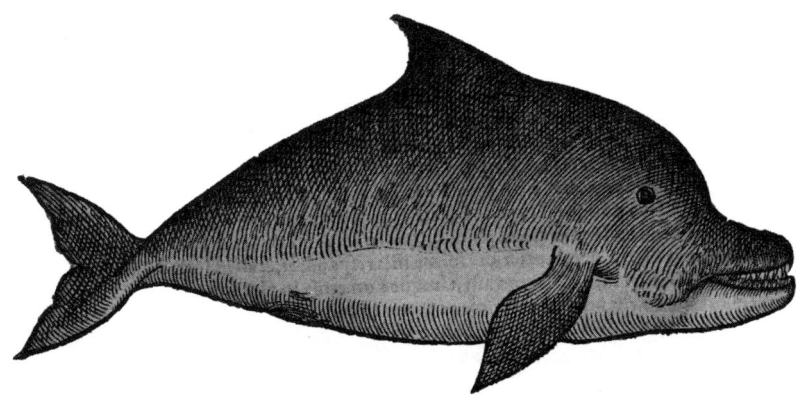

鲾一样，全身覆盖很多小鳞，和其他鱼类相比散发着一种清新可爱的气味。这些海豚不会经常跟踪我们的船只，我认为它们对人类的兴趣更大（正如一些人所写的那样），海豚经常把食物抛到船上给人吃，有好多次它们打算喂我们，当它们靠近我们的船只时，我们经常把布满刺钩的大铁竖琴拴在绳子上，把它们猛拉进来。海豚可能很适合作为某种病态人群的象征，这种人面容甜美，但舌尖嘴利，言辞刻薄犀利。

鲨 鱼

构想这样一幅画面：热浪翻滚的一天，在一艘外国轮船上，晶莹剔透的海水层层叠叠地拍打着船头，这是热带天堂所特有的景观。水手们并没有因电影《大白鲨》中的惊悚场景感到丝毫恐惧，他们下潜到汹涌而凉爽的海水里，对海底暗藏的危险浑然不知……

人类对鲨鱼的危险性曾经很无知，这对欧洲人来说很正常，因为对于他们来说，后院的下水道才是最为危险的。约翰·莫奎特在《在西印度群岛的短暂旅途中所见奇人异事》(*A Short Journey in the West Indies in which are interspersed Curious Anecdotes and Characters*，1790) 中记载了这样一个关于无知的恐怖故事：

在来到从未踏足过的西印度群岛之前，那些关于鲨鱼的故事并未在我脑海中留下烙印。直到第一次听到有人惊呼："鱼！"在我的想象中，这种惊呼并不意味着危险的到来。

有几个人正在游泳，但愿这个错误的警报没有吓到他们。然而，呼叫的人话音未落，我们就意识到警报立即降临了。我把腿搭在舷梯上，从清澈的海水中看到一条鱼以惊人的速度游来，变得越来越大,直到它游到我面前,我意识到这是一头可怕的怪兽。

想象一下,一群赤裸的年轻人,轮廓清晰的身材,魁梧得像运动员和娱乐明星。此时画风扭转,出现一头巨大的怪兽,有人即刻会成为它的口中之食。人们被吓到晕眩,一个接一个落入虎口直至全船覆没。他们仓皇失措,立即停下手头上的事。在凶狠的鲨鱼的穷追不舍下,他们表现得更加慌张。

顷刻之间,大怪兽风驰电掣般游到人群中间。可怜的军械官是这个庞然大物的第一个袭击对象,这一幕就近在我眼前。但接下来的事完全出乎我的意料,此时鲨鱼放弃了军械官,突然转身到船底。怪兽的眼睛完全被眼前的事物吸引了,它迅速地袭击了整艘船。这位可怜的水手刚把一只手搭在船上,半分钟前他还安然无恙,但此刻命运被彻底扭转。他的左手搭在船舷上,他忠诚的爱人,面色苍白,来不及说一个字就眼睁睁地看着死神一步步向他走来。此刻他和鲨鱼就在我脚的正下方离我不到两码的距离。鲨鱼的嘴就在他的头下面,鲨鱼翻过身去咬他,仿佛可以一口吞下一切。当它转身的时候,张开大嘴,我顿时感到它能一口

把人吞下去。他向前冲拳，鲨鱼一口咬住了他的整个胳膊。现在我真希望鲨鱼已经走了，船上有人已经用船钩向它刺了两次；但此时的鲨鱼已经饥不择食，它再次转身，一口咬住这个可怜的年轻人的手腕，海水即刻被鲜血染红了。美餐之后，鲨鱼快如闪电地离开了。

另一位发现鲨鱼危险性的冒险家是荷兰人克里斯托弗·弗莱克，他在《进入东印度群岛》中讲述了他的不幸经历：

因为鲨鱼对人肉有种特别贪婪的喜好，在荷兰它们被称作食人动物。它们的嘴巨大，尤其在张开时很宽，牙齿又尖又长，呈锯齿状，这样一来它们可以有效地将食物锯碎。它们体长可达20~24英尺，为猎物而接近船只。但鲨鱼吃人的事情在印度群岛在比这里更为常见。在那里，它们经常对在海里游泳的水手们进行袭击。正如事后我们在通往巴达维亚的路上发现的那样：一个人在船远处游泳，一只鲨鱼游向他并将他拽入海里，从此，我们再没有听到任何关于他的消息。这激起了那些老水手们的好奇。他们说，只看到过鲨鱼咬掉人的腿，或者身上某个部位，但不是整个身体。另一事件发生在离扎巴拉不远的地方，以同样的方式，一个人被咬掉了一条腿。后来我们为他治疗，几天后他不治而亡，在生命的最后几天里饱受腹部绞痛的折磨。另一次，在安鲁斯岛离巴达维亚（雅加达、爪哇岛、印度尼西亚）约8里格的地方，我们停下来修理船的一侧。船长在水中作业时，鲨鱼在约小腿深的浅滩处咬掉了他的手臂和肩膀。随后我将他拽上了船。不到3

个小时,他就失去了性命。

悲剧还在继续发生着。《彼得·芒迪欧亚游记》中有所记载:

在之前描述的几种鱼中,我只对鲨鱼进行了研究。鲨鱼是一种异常凶猛的动物,报道称它时常咬伤在海里游泳的人。鲨鱼体长6~7英尺,主要在卡尔姆海域出现。当它们的腹部浮上水面时,小基柱鱼和小胭脂鱼会附着在它们的背上。

爱德华·特里在《东印度群岛之航——令我印象深刻的那些事》中记述道——他更专注于探究鲨鱼的灵魂:

鲨鱼之凶残并非浪得虚名。对于所有它们能够抓住、征服并吞下的猎物它们都会品尝一口。鲨鱼非常贪吃。许多次我都看到它们游到我们的船只附近,之后我们将一个挂着约5磅牛肉做鱼饵的铁钩子绑在结实的绳子上,越过水面向它游来的方向投掷过去。用这种投掷鱼饵的方式我们曾将一头鲨鱼从水中拖起。有时鲨鱼太重,拽起的力量不足,没有绑好的钩子会被毁坏,这样它便会掉入水中。在这种情况下,它可能会继续奔向下一个诱饵,直至被人们抓住。许多坏人认为他们可以毫不费力地得到任何自己能触及的东西。就算被捆绑,鲨鱼也总会毫无征兆地从网中逃出。但最终,人们会将它们抓住,以免它们引起巨大的破坏。

许多鲨鱼体形硕大,它们的头又圆又大,三排牙齿锋利到可以一口将人的腿咬掉。人们在鲨鱼经常出没的海水里专心致志地游泳，敏捷而淘气的鲨鱼很容易伤到他们。

但船并非只向一个方向航行，我们勇敢的探险家们不再愿意以其固有的方式猎捕鲨鱼。威廉·丹皮尔船长在《世界巡游》中描述了其中的经历：

我们猎捕了大量的鲨鱼，鲨鱼肉非常美味。其中一头鲨鱼体长达 11 英尺，两眼之间的距离达 20 英寸，嘴的宽度为 8 英寸。它的胃像一个又硬又厚的皮袋子，锋利的刀都很难把它切开。在它的胃里，我们找到了河马的头和骨骼。它长着胡须的嘴唇还未腐烂，仍清晰可见，下颌依然坚硬，我们从上面拔下了很多牙齿，其中两颗和男人的大拇指差不多，有 8 英寸长，一端略小，像一个钩子，其余的牙齿不到它们长度的一半。它的胃里充满了啫喱状的食物，散发着恶臭。然而，我仍将牙齿和下颌保存了一段时间。我的水手们小心翼翼地将它的肉分成几段，不造成任何浪费。回想起来，物得其所，幸哉。

无独有偶，辛克莱·汤姆森·邓肯（Sinclair Thomson Duncan，1827-1927）在他的《澳大利亚之行》（*Voyage to Australia*，1884）中写道：

今天我们做了一个捕猎鲨鱼的游戏。鲨鱼像平静的海面一样安宁，我们也从中得到了许多乐趣。一开始看见它，它在船的侧面，慢慢地随着水流游过来。毫无疑问，它在寻找食物，但始终在船舷的附近，有时靠近船尾。一听到鲨鱼游过来的消息，水手们立即做好了捕捉它的准备。为此，他们准备了一根约手指粗的结实绳子，绳子的一端绑上了一个大钩子，钩子上挂着一大块猪肉作为诱饵，他们将其越过船舷投入水中，鲨鱼急切地将肉吞下，过程迅速而精准。我永远不会忘记鲨鱼尾溅起的巨大水花。它那么迫切地挣扎着想要获得自由，水手们高唱着："抓紧了，孩子。"它的努力毫无成效，钩子紧紧地将它的喉咙钩住。两个强壮的水手抓着它，另一个水手在另一端不断地用绳子将它往上猛拽。拽得越近，它的尾巴就越感到束缚。这样，没多久它就被拽到了"苏塞克斯"号上，四周围满了看客。这个场景颇为有趣，因为它是我们的船离开英国后的第一个访客。它极力地挣扎着想回到原来的环境，所以并没有给我们，尤其是孩子们带来任何乐趣。它很快就要被杀掉。看到它在甲板上搏动，一名水手将刀子插入它体内，从头开始分割它的身体，这让我觉得它的挣扎已经结束了。但情况并非如此，它的尾巴仍然在动。不久之后，人们便将它的肉切片，一些吃过的人说非常美味。但是当我想起它那食人怪兽的样子，实在无法下咽。

北极熊

菲普斯在《应陛下谕北极发现之旅航海日志》中，首次为我们记录了欧洲人看到北极熊时喜剧性的情景。这次航海受命于他当时的君主，以探索、发现北极为目的。

松饼岛位于北极的东部。在这里，人们听测到了45英寻[1]深的海水，同时发现了崎岖的陆面。路德维希船长率大船出发，想找到新的海岸并探察当地的土壤成分。这个岛约1英里长，海水很浅，从远处看像一个黑点。尽管土壤的成分几乎都是沙子和松散的石头，草地很稀，但每年夏天，这里就变成了鸟儿们产卵和哺育幼崽的胜地。来这里产卵的鸟种类繁多，比如鹅、鸭、北极鸥、冰鸟……以及此气候所特有的几乎所有鸟类。各种鸟类的卵不计其数，密密麻麻地分布在地面上。这样，登陆小岛的人行走时总会踩碎鸟蛋，蛋液沾满了他们的鞋子。

以长官为首的10名船员在小岛上勘察，发现海岸之后，他们看见两头白色的熊向他们走过来，一头在冰上行走，另一头朝他们游过来。"蜂骑士"是长官在航海时的绰号，在几次掠夺行

---

[1] 1英寻约为1.8288米。

动中，他是一个福斯塔夫般的勇士[1]，杀死一头熊对他来说就如同杀死一只小蚂蚁一般。眼看着两头熊迅速地向我们移动，在水里的那头离我们更近。他命令手下向远处的熊开火——当时他还没有对和熊进行近距离交手做好充分准备。所有船员拿着火枪对准目标，但一些人最终没有执行命令。大多数船员认为保留火力才更安全，他们看上去像放弃了目标，实际是假装撤退。尽管长官腹部浑圆，但他仍旧步履蹒跚、上气不接下气地跟着他的伙伴们。眼看水里的熊就要靠近岸边，他毫不犹豫地冲在前面。他的头发被风吹得高高竖起，熊就在他身后不远的地方用鼻子嗅探着周围的气味。他有足够的理由相信自己就是那个完成使命的人，于是竭尽全力让其他兄弟们原地待命。在此紧要关头，他再次瞄准目标，却不幸将枪滑落，又被鹅巢绊倒，肚子被挤得扁扁的，压在鹅蛋上后他几乎无法呼吸。老话说得好，祸不单行。正当他可以站起来的时候，愤怒的雄鹅飞过来帮助它奄奄一息的配偶，它朝"蜂骑士"的眼睛投掷杂物，差一点就打个正着。此时，前方危机四伏，熊在不断逼近，眼前的雄鹅又即将发起第二次进攻。好在同伴们并没有撤得太远，他们可以随时准备增援。被熊吓破胆的"蜂骑士"看到伙伴时欣喜若狂，忘记头顶之鹅这个定时炸弹。值得庆幸的是，一名船员此时开枪将鹅击毙，被击毙的鹅刚好落在骑士的脚下。沉浸在击毙敌人的喜悦中，他重新将枪举起，瞄准下一个进攻者。此时，熊距他只有10码的距离，并发出了粗暴的吼声。这一瞬间，他的状态松懈下来，他扔掉了装备，撤到后

---

[1] 福斯塔夫为莎士比亚历史剧《亨利四世》中的人物，也是莎士比亚笔下最出色的喜剧人物之一。他机警、灵巧、乐观，幽默风趣，放浪形骸。

面,但并没有挡住同伴前进的路线或阻碍他们进攻。"蜂骑士"是一位毫不畏惧的勇士,他立刻加入大部队,扣动了扳机,但是由于弹容量有限,他得时不时地上膛。很快船员们又将熊击毙,此时轮到他们的长官做点大事。他重新将武器拾起,看着这头可怜的熊趴在地上,如同家畜栏里的公羊一般发出最后的喘息声。为了彰显自己的威力,他与其后的敌人进行了短暂的搏斗,随后他又像愤怒的牛一样用尽全力向前走了9大步,并将长矛深深地插进熊腹中4英尺。

但是在这片冰层上,还有许多熊,其中的一些离船很近,可用小型武器直接将其击毙。这些熊的肉质鲜美,在任何地方都找不到比这更美味的食物了。捕鲸人说,它们的肉和牛肉一样可口。许多熊的体型比公牛还要大,体重也更重。它们身上的很多部位是火枪无法穿透的,除非是射中胸膛或者侧面,一阵扫射也很难让它们转过身去。一些熊体重700~800千克不等。据说那头一直在松饼岛尾随船员们的熊体重大于1000千克。它真的是一个大怪物!

到19世纪,极地探险者们向公众公布了更多关于这种大白熊的情况。《四足动物简史》(*A General History of Quadrupeds*,1800)中记述了一些趣事:

熊的凶猛正如它对幼仔的挚爱一样人尽皆知。几年前,一位船员在捕鲸场近距离射伤了一头北极熊。熊即刻发出可怕的叫声,沿着冰面向船的方向跑来。来不及跑到船跟前,第二发子弹向它射来,并将它再次击中。这点燃了它的怒火。它游向船,试图上岸，前掌扒住船舷上缘，一名船员拿出小斧头将其砍断。不料，直到回到船上，这头熊仍对他们穷追不舍。大家继续向它开火，并将其击中。靠近船只后，它迅速登上甲板；船员们急忙躲进盖布里，熊又朝他们追去，直到一名船员将它射杀在甲板上。

通常，当时的人们考虑的问题是北极熊肉的口感及它们的身体对人类的使用价值。这本书并没有让我们失望，作者继续描述道：

北极熊的肉呈白色。脂肪融化后可炼成油。

莱斯利教授、詹姆森教授及休·默里教授撰写的《极地海域和地区的发现与冒险》一书也对北极熊进行了生动的描述：

在岩洞和冰洞里，居住着令人敬畏的极地四足动物、格陵兰人及北极熊。北极熊是冰雪峭壁上特有的凶狠暴君，拥有像狮子一样的无上权力，降服了凶猛而难以驯服的鬣狗。长而浓密的绒毛和极其丰富的脂肪，使北极熊能够在这种极端的气候下抵御严寒。在英国酷热的气候下，被带回的北极熊承受着难挨的痛苦。彭南特看到人们不时向一头北极熊身上倾倒大桶的水给它降温。毫无疑问，另一只被詹姆森教授带回的北极熊同样忍受着爱丁堡夏日的酷热。

关于北极熊的危险性及其与人类致命冲突的记录非常多。最早也最为悲惨的一次交锋发生在 1596 年，巴伦茨和海姆斯凯尔克发现东北通道之时。在 Waygatz 海峡附近的一个岛停靠后,两名水手登上小岛,沿着海岸行走。其中一人感觉自己被什么东西紧紧地抱住了。他本以为是哪个伙伴在嬉闹,就以与之吻合的口气叫道:"谁在这儿?普雷别闹了。"他的同伴转身看过去,尖叫道:"熊!是熊!"然后急忙向船的方向跑去,高喊着给其他船员发出警报。水手们拿着长矛和火枪奔向事发地点。刚刚赶到便看到残忍的北极熊离开血肉模糊的尸体,扑向另一名水手,它将他抓去,牙齿深入水手的身体里,大口地喝着鲜血。

猴 类

《四足动物简史》对猴子的种类做了全面的总结：根据数量和体貌的不同，可以将猴子分为三类，并且以如下名称来命名，即没有尾巴的猿猴、短尾巴的狒狒、长尾巴的猴子。

猿猴和人类的外貌极其相近，身体部位可以发挥与人类同等的作用：它们直立行走，臀部发达，腿后有腿肚子，双手双脚也和人类近似。

狒狒的体貌特征与人类相差略远：大体上，它们需要靠四足行走，除非受到奴役，极少站立。一些狒狒能够达到人类的体长。它们的尾巴短，脸长，眼窝深陷，长相令人作呕，情欲旺盛，生性残暴。

跟狒狒相比，猴子与人类体貌的差异更大。通常，它们的尾巴比身体要长。虽然依靠臀部保持坐姿，它们仍然用四肢行走。它们非常活跃，爱嬉闹也爱恶作剧，喜欢小偷小摸，更喜欢模仿人类的动作，但它们做这些仅仅为了好玩。

克里斯托弗·弗莱克在《进入东印度群岛》中描述了他在印度尼西亚遇到猴子的经历：

> 堡垒的一边几乎都是树林，每年士兵都要将它们砍下。在这片树林里住着大量的猴子，它们时常发出奇怪的噪音，也许有些人听到这种声音会非常吃惊。我们几乎天天忙于捕捉猴子，把这当成一种消遣。抓捕一只猴子，可能需要一袋烟的工夫。它们非常温顺，与从非洲和美洲带回用于耍把戏的猴类不同。它们体弱到无法适应气候的变化和长时间航海的艰辛。在回程时，我带了几只猴子。但刚刚抵达回归线附近，感觉到气候有变化的时候，它们就开始得痢疾、生病甚至死亡。

弗莱克继续讲述捕捉这种机灵无比的野生动物的细节：

> 捕捉它们的方法之一，是利用当地盛产的椰子。在椰子上面挖一个猴爪刚好能伸进的小洞，它们走过来的时候把椰子吊到和树同样的高度。一瞥见有洞，它们就想钻进去，于是它们挣扎着往洞里钻，但是由于洞口太小，它们只能探进爪子。可惜，当它们认清现实时，已经没有能力蜷缩双爪从小洞中撤出来了。除此之外，设置这个陷阱的人一边在一旁观察，一边想方设法让它们难以摆脱椰壳。它们从树上往下跑的时候，身体负担着椰壳的重量。

天性顽皮的猴子时常袭击探险家们。莱昂内尔·瓦弗在《新航海及美洲地峡》发现了这一现象，同时也付出了代价：

这里的猴子成群结队，有些是白色的，有些是黑色的，有的有胡须，有的没有。它们体型中等，但是到了水果成熟的旱季，就变得异常肥胖。它们肉质鲜美，可供我们大量食用。印度人曾一度耻于食用猴肉，后来在我们的盛情招待和劝说下，也开始享用。在雨季，它们肚子里会有蠕虫。我们曾在一只猴子腹中找到大量蠕虫，其中一些长达 7~8 英尺。在我们行军的过程中，猴子们不停地搞恶作剧，小猴子趴在大猴子背上在树枝间蹦来跳去，朝我们做鬼脸，互相交流，如果有机会，还会往人头顶撒尿。

约翰·弗朗西斯·吉梅利·卡内里博士在《环球航海》中同样提到了猴子们顽皮的天性：

在山林里居住着数不胜数且体型庞大的猴子和狒狒。据说有一次在圣博安根，一些猴子用小木棍来抵御攻击它们的潘邦亚士兵。没过多久，这个士兵因惊吓而死。小猿猴在房间里非常调皮。我的朋友 D. 约翰·戴尔·珀克（D. John del Poco）有一只上了年纪的白猴子，在它观察远处的事物时，会像人类一样把手圈在眼睛上。他告诉我，曾经有一只来自婆罗洲的猴子，哭起来像婴儿一样，靠双足行走，更换寝地时腋下会夹着一个垫子。这些猴子在很多方面比人类聪明。当它们在山上找不到任何水果的时候，会到海边抓螃蟹、牡蛎等海味。

许多对猴子顽皮的天性着迷的旅行家，试图把它们运回欧洲。约翰·莫奎特在《非洲、亚洲、美洲、东西印度群岛及叙利亚耶路撒冷等圣地旅行记航海札记》中描写了把一只猴子驯化成宠物所费的周折：

我用有点类似土拨鼠的动物交换了一只猴子。这种动物更顽皮捣蛋，拖着一条长长的尾巴。印第安人说，从出生时起，动物妈妈就背着幼崽，在它的控制下在树丛中穿梭，幼崽不小心掉落时，妈妈会用尾巴将它拽起。

这些动物在树林附近会发出很多噪音，它们成群聚集的时候声势极大，就像杀猪时发出的声音令人难以忍受。

我拿一支小号换来一只死了的猴子。这是一只母猴子，像女性一样，它的腹部有两个乳头。印第安人把它放在船头时，它的腹部被箭射中，当时背上还驮着一只小猴子，为得到幼崽，我们用一把小斧子作为交换。那段时间它一直待在我们船上，以它特有的方式吼叫，让我们耳根不清净。不久之后，它因不能进食死亡。

在 R. E. Esq 的《十年游记之欧亚非美主要国家》(*Ten Years Travells into the Principal Places of Europe, Asia*）中作者描述了一种小型猴子——巴西狨猿。人们把它当作宠物来饲养。

总之，猿是所有动物中最聪明伶俐的，体长接近松鼠，毛茸茸的躯干，体毛浓密的尾巴，脸庞主色为金色，像布莱克莫人一样手指小小的，还会露出傻笑的表情。求偶时，会像蟋蟀一样发出吱吱喳喳的声音。但是运送猿的时候，应十分小心，因为它们太纤小，容易因为空气的变化而丧命。这种动物的到来导致博伦犬不再是名媛膝上唯一的宠爱。

猩　猩

在马来西亚，猩猩被誉为"森林中的人"。现在，人们也把东南亚树林里居住的类人猿称作猩猩。纵观全球资料，关于类人猿的记述时常被兼并融合。这一现象在《四足动物简史》中得以证实。书中包含关于猩猩和大猩猩的描述：

猩猩或称为"树林中的野人"，是猿类中体型最大的，也与人类的体型最为接近。

据说，体型最大的猩猩可高达 6 英尺，非常活跃，强壮勇敢，就连体格最为强壮的男性也不是它们的对手。它们跑起来速度极快，很难被活捉。它们完全以水果和坚果为食，偶尔会袭击或杀害在树林里游荡的黑人，也能驱赶距离它们寝地太近的大象。据说，它们也会偷袭黑人女性，将其带进树林，强迫其和它们生活在一起。

在照看幼崽时，猩猩会变得和蔼可亲、乐于给予。有一只在伦敦的猩猩，人们教它坐在桌旁，吃饭时使用勺子和叉子，用杯子喝红酒和其他饮品。在这种情况下，它表现出温和友爱的天性，对驯养者非常依赖，对他的命令言听计从。它相貌平平，性

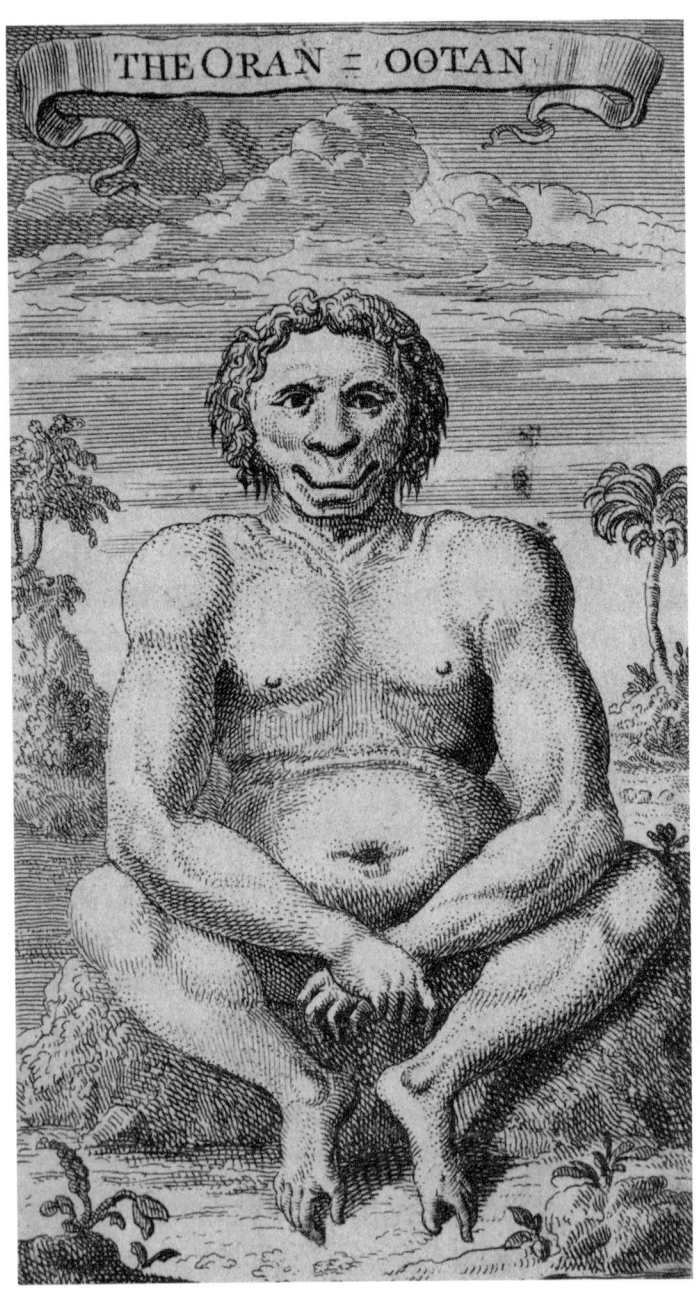

格忧郁。它试一试只有 2.4 英尺高的幼年猩猩,身上覆盖着黑色的毛发;与前胸相比,背部的毛发更为浓密;手和脚底无毛,颜色发暗。

蛇

约翰·弗朗西斯·吉梅利·卡内里博士的《环球航海》讲述了在菲律宾偶遇巨蛇的故事（这种巨蛇非常像网纹蟒蛇，能够长到 6 米长），以及他不可思议的捕蛇理论：

这些蛇体型庞大。其中一种叫作 Ibitin 的蛇,体型很长,尾巴挂在树干上,等待鹿、野猪或人类经过。一感觉到这些动物的气息,它便准备一口将其吞下,然后盘旋在树上慢慢消化。一些西班牙人告诉我,防御的唯一办法是阻隔人和蛇之间的空气;此方法看起来合理,因为通过这种方式,远处飘来的猎物气息所具有的吸引力就被驱散了。

巨　蜥

威廉·丹皮尔船长在他的《新荷兰航海记》(*A Voyage to New Holland,&c. in the year 1699*，1703）偶然遇见了一种被称作澳洲巨蜥的巨型蜥蜴，这使他久久难以忘怀。

与西印度群岛的动物相比，我们在这里看到的陆地动物只有浣熊一种。它们的腿很特别，前腿很短，但跳跃时却如同其他动物一样。它们肉质美味。这里有一种形状、大小与其他同类一样，但在三个方面有独特之处的巨蜥。它们的头更大、更丑且没有正常的尾巴：有一个像树桩一样的尾巴，看起来就像它们的另一个头，但没有嘴也没有眼睛，说明那并不是头。这样一来，看起来

它的身体两端就各有一个头。因此，人们就会把这当作它的第四个特征。它的四肢都像是前肢，形状和长度完全一样，从关节和腿的弯曲程度来看，不论头还是尾，从哪个方向前进都可以。像蟾蜍一样的黄色皮肤上附着着黑色斑点，背部像鳄鱼一样有鳞片和背甲，分布在皮肤的表面或深嵌于其中。它们的行动非常迟缓，即便在有人靠近的情况下，它们仍原地不动发出嘶嘶声，而非竭力逃走。人们将其腹部打开时，那里散发出难闻的味道。它们的肝脏上也有黑色和黄色的斑点。在地球上再找不到比这更丑的动物了。尽管我吃过蛇、鳄鱼、短吻鳄及其他很多外形恐怖的动物，可以说迫于饥饿，几乎没有什么动物是我不敢吃的，但对于这种外形和气味都令人作呕的动物，我总觉得我的胃不敢冒险尝试——当然，经过我的体验，我发现我非常享受。

鸭嘴兽

鸭嘴兽是一种不可思议的动物。当它们第一次为欧洲人所关注的时候,人们几乎不敢相信自己的眼睛。1798年,据《自然杂志》(*Naturalists Miscellany*,1799)记载,乔治·肖(George Shaw,1751-1813)将第一只鸭嘴兽作为解剖样本运往伦敦:

在所有已知的哺乳动物中,鸭嘴兽是结构最为独特的。它的样子就好像把鸭嘴移植到四足动物身上一样。一眼看去,如复刻一般,人们不得不联想到用人工手段将其合成用于行骗的传闻。

柯林斯中校(Lieutenant-Colonel Collins,1756-1810)的《英属殖民地记述之新南威尔士第二卷》(*An Account of the English Colony in the New South Wales Vol.II*,1802)一书第一次记录了欧洲人目睹野生鸭嘴兽的经过:

10年了,这个月大家终于能停下来喘口气。但我们的努力仍在初级阶段,并没有在自然历史的画卷上留下多少痕迹。袋鼠、狗、负鼠、鼯鼠、更格芦鼠、斑点鼠、普通鼠、大狐蝠(如果它

们能作为某地名片的话）组成了这个时期为人所知的动物名录。而其中也有一些例外——比如针鼹鼠，现在被认为是两栖动物，人们在霍克斯伯里河岸边曾发现过它们。在体型上，鸭嘴兽比陆地鼹鼠要大得多。它们的眼睛非常小。看起来，它们的前腿比后腿短，有四个钩爪，每个爪子底部有一层隔膜。后腿的爪子就如同它的装备，除了有一层隔膜之外，还有四个比隔膜长的锋利钩爪，而隔膜又比前肢的钩爪长。鸭嘴兽的尾巴短粗且多肉，但它身上最突出的特点是它的嘴与其他普通的动物不同，上下颚都像鸭嘴的形状。它们用"鸭嘴"捕食。当它们像鸟类一样在泥泞的地方和河岸边捕食的时候，网状的脚蹼能够帮助它们在水里滑行。

而在岸边的时候，它们长而锋利的爪子可以用来挖洞。正是这样的天性使它们成了两栖动物。人们时常发现它们像乌龟一样浮在水面划水。鸭嘴兽奇特的外形和害羞的天性，使人们在晚近才发现它们，并对它们进行物种分类。直到1864年，在存放于澳大利亚维多利亚州的伍兹点（Woods Point）的一个标本中，发现了鸭嘴兽产下的两枚蛋，这便掀起了鸭嘴兽是否是哺乳动物的讨论。1884年，W. H. 考德威尔（W. H. Caldwell）猎杀了一只刚刚产卵的鸭嘴兽，随后又在其子宫内发现了另一个卵，它们独特的身份才被人们认可。

在许多热议之后，物种学家决定在哺乳动物中为鸭嘴兽和针鼹鼠重新分类。这一类别涵盖了（爬行动物和鸟类）这类产卵但为幼崽哺乳的动物。这些动物和哺乳动物一样有三块中耳骨和一块下颌骨。

儒艮与海牛

据说儒艮或海牛是美人鱼的原型及灵感来源。约翰·弗朗西斯·吉梅利·卡内里博士在他的《环球航海》中提到，他对所看到的菲律宾海中的儒艮感到疑惑不解：

这种岛上特有的鱼有其独特之处。其中一种鱼是 duyon（海牛），西班牙人称"pece-muger"，其拥有女性器官，且目前只看到雌性，因此归属于美人鱼。它的骨骼有止血和止咳的功效，肉质与猪肉类似。

儒艮与海牛是两种相近的物种，因此外形极为接近，最明显的差异在尾部。儒艮的尾部与鲸鱼相似，后缘有一个缺刻；而海牛的尾部有一个宽大如桨的尾鳍。人们在亚洲的沿海水域和非洲的东部海域发现了儒艮；而海牛则生活在非洲西部海域、亚马孙及加勒比海域。1698 年，由克里斯托弗·D. 阿卡格那（Christopher D. Acugna，1597-1676）出版的英文版著作《南美洲探索与发现》(*Voyages and Discoveries in the South America*) 一书，对亚马孙流域秘鲁段的儒艮进行了描述：

这种动物是美味佳，如果有人把它们当作礼物赠予他人，他们通常会说："你还是留着自己享用吧。"它们在亚马孙流域数量庞大，并且除人类之外，没有太多生物猎杀它们。从源头到大海，它们可谓亚马孙流域的"鱼中之王"。此鱼的体型如一岁半的小牛般大，和牛一样有一个头和两只耳朵，整个身体有一层如猪鬃一般的体毛。他们依靠前肢来游泳，靠腹部下方的乳头哺育幼崽。它们的皮肤很厚，制成皮革后可用来制作防弹用品。同牛一样，这种鱼以岸边取之不尽的杂草为食，这造就了它优良的肉质。

威廉·丹皮尔船长在《世界巡游》中提到了南美洲庄稼之岛的海牛：

躺在地上时，与我们同行的米斯基托人来到卡诺阿（地名），送给我们几只海牛。除了布雷菲尔德河之外，我还在坎佩奇海湾、达连海湾及南键[1]（地名）与古巴的群岛间看到过它们。据说，在牙买加北部分布着一些海牛。在苏里南的河道里海牛数量繁多，或许因为这儿是平原，更加适合海牛生存。此外，在菲律宾的棉兰老岛和新荷兰的海岸线上，都有海牛的身影。海牛跟马差不多大，身长 10~12 英尺，它的嘴唇如牛的嘴唇一般厚实。海牛的眼睛比豌豆还小，两只耳朵也非常小，就像两个小洞一样。最大的部位非肩部莫属了，从肩膀开始，长出两片鱼鳍，一直延伸至腹部底。雌性海牛还长有乳房，那是用来哺乳幼崽的。海牛从肩部到尾巴约 1 英尺长，末端逐渐变细，最后呈扁平状，就像扇子那

1　South keys，位于加拿大安大略省渥太华地区。

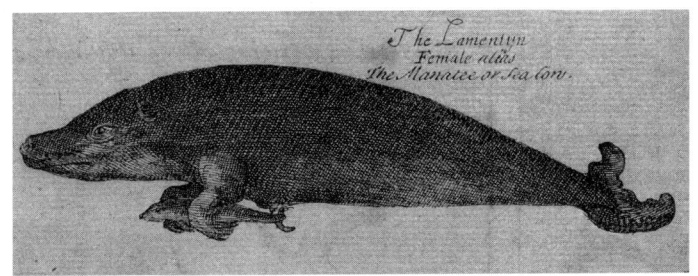

样。它的尾巴大约20英寸长、14英寸宽，中间部分厚约5英寸，但两端只有2英寸厚。从头至尾，海牛通体光滑圆润，除了上面说的两片鱼鳍上有鱼鳞外，再也没有其他的鱼鳞了。

穿山甲

穿山甲对一切事物都心存好奇，不过好奇程度介于犰狳和食蚁兽二者之间。它们是亚洲和撒哈拉以南非洲地区的土著动物，全身布有重叠的鳞片（用于中药方剂）。正因人类对穿山甲鳞片的大量需求，穿山甲现在已濒临灭绝。

约翰·斯特鲁斯（John Struys，1694）是一位制帆工和冒险家，曾在中国台湾观察过穿山甲的习性，并在他的《约翰·斯特鲁斯探险之行》（*The Voyages and Travels of John Struys*）中做了这样的描述：

在台湾岛上，有一种动物——穿山甲，荷兰人称其为"台湾之魔"，它长约 2 英尺，腰围约 5 英寸，全身布满鳞片，四足皆有锋利的爪子，头部又长又尖，尾巴根部圆润粗壮然后越来越细，末端呈针尖状，就跟鳄鱼尾巴一模一样。穿山甲以蚂蚁为食，觅食时，它先吐出舌头抵在小斜坡上（蚂蚁活动的聚集地），然后这些蚂蚁就稀里糊涂地黏在舌头上动弹不得了，当被黏住的蚂蚁达到一定数量时，穿山甲便收回舌头慢慢品尝它们。穿山甲对它的食物——蚂蚁毫不手软，但碰到人时，它要么钻回地底，要么像刺猬一样缩成一团。所以，荷兰人把它称为魔鬼真的是太看得起它了。

由于穿山甲具有坚硬的外壳,长长的爪子,人们总会把这个名副其实的食虫动物误认为是凶猛的捕食者。弗朗索瓦·瓦伦汀(Francois Valentijn,1666-1727)在《弗朗索瓦·瓦伦汀记载下的锡兰》(*Francois Valentijn's Description of Ceylon*,1724)一书中,描述了下面这种令人毛骨悚然的家伙。据后来分析,它其实是温顺的斯里兰卡穿山甲。

这个家伙,足足有3英尺高,9英尺长,有4条腿,嘴末端呈尖锥状,牙齿极其锋利,黄色的圆形鳞片遍布全身,就像穿了件甲胄一样。

克里斯托弗·史怀哲在他的作品《1675年到1683年穿越东印度群岛游记》中也做了类似的描述:

这儿有种动物,由于不常见,也就不怎么为人所知。它就是穿山甲,在荷兰语中也被称为"尼干布魔鬼"。之所以这样叫它,

是因为人们总是把它跟魔鬼联系在一起。它身高 3 英尺，长 9 英尺，嘴巴尖尖的，牙齿也很锋利，全身都覆有黄色的圆形鳞片。当它受到威胁时，它会把自己蜷成一个球以防被攻击。更吓人的是，夜晚它还会发出惨淡的叫声，足以把人吓个半死。

树 懒

树懒以行动迟缓闻名于世。事实的确如此,像树懒这样的树居动物,能在树上待一整天都不动,以至于毛发上都长出了藻类植物。不过这样也好,倒让它们与自然混为一体,形成伪装。树懒大部分时间都在睡觉,只有在夜间才会懒懒散散地去啃食树芽和树叶。厉害的是,它们拥有超能力,甚至能在枯死的树枝之间游荡。还有,树懒是不能够在地上行走的,不小心从树上掉落下来时,它们便会动用强有力的爪子缓慢地把自己拖回树上的安全地带。

16 世纪,西班牙的探险家第一次在美国南部发现树懒。贡萨洛·费迪南德斯·德·奥维多(Gonzalo Ferdinandez De Oviedo,1478-1557)在他《印度群岛概述》(*Summarie and Generall Historie of the Indies*,1555)中记录了下面这一"奇特的野兽",从他精彩的描述来看,"奇特的野兽"应该就是树懒。

这里生活着一种奇特的野兽,名字与它的性格截然相反,西班牙人称其为"轻型藏獒",这听起来像是凶猛敏捷的代表,但实际上它却是世界上行动最缓慢的动物之一,行动极其迟钝,一天勉勉强强才能移动50步而已！树懒生活在坚硬的地方，它们的身体与其他动物相比，比例不谐调。完全成年时，树懒身长约两个指距（五指张开时的宽度）宽，但不知为什么，幼年树懒又矮又胖。树懒有四条腿，每只脚上都有四个爪子，就像鸟儿那样连在一起。但是，它太重了，它压根没有办法靠爪子或四条腿让自己直立起来，因此总是匍匐前进。它的脸圆圆的，像猫头鹰；眼睛很小，鼻孔圆圆的，就像猴子一样。它们最大的愿望就是能在树与树之间自由行走。

克里斯托弗·史怀哲在他的作品《1675年到1683年穿越东印度群岛游记》一书中描述了一种与树懒很相似的动物：

lewer（动物名）是另一种被荷兰人视为懒惰的动物，或者说行动迟缓的动物。它们像猿，瘦骨嶙峋。无论吃饭、喝水还是活动，行动总是很迟缓。当狗或其他野兽靠近时，它们不为所动，仍旧懒懒散散，只有离得非常近时，它们才会缓慢地转过身来去面对那些靠近者，瞪大眼睛盯着它们，欲将它们吓跑。它们的眼睛向外突出得太严重了，看起来十分惊悚。当有猎人威胁它们时，它们也如此应对。不过，这招对人类来说可不奏效，因为猎人已经设好了圈套，就差请君入瓮了。树懒被捉后，行动还是那么缓慢，一天移动的距离最多不会超过1里格[1]。城里人把它们视为珍宝，不过，由于它们太过孱弱，通常不会进行跨国运输。[2]

---

[1] 里格，旧时长度计量单位，1里格约为3英里，即4.8千米。
[2] 两趾树懒可以在世界各地的动物园内很好地生活和被饲养，但三趾树懒因为其独特的饮食习惯，则较难运输及在热带之外的动物园内生存，因此我们在动物园内很少见到三趾树懒。

犀 牛

爱德华·特里在其《东印度群岛之航——令我印象深刻的那些事》一书中描写了他在印度邂逅的犀牛：

这儿生活着一些犀牛，但并不常见。犀牛个头都很大，甚至比最大的英格兰牛还要强壮；犀牛皮肤光滑，但脖子、胸部及后背有许多褶皱，看起来十分吓人。犀牛角短小精悍，长于鼻孔上，竖直向上直至头顶，这样一来，看上去的确吓人。因此，很多大

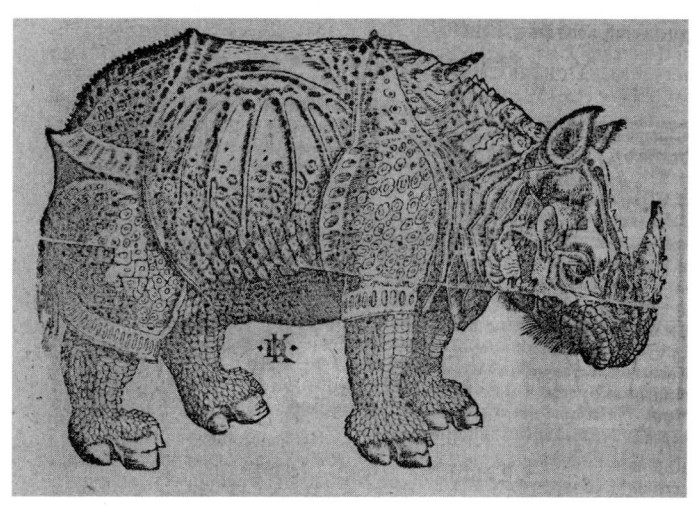

型猛兽也对它敬而远之。犀牛角可以用来制成质量上乘的牛角杯，密封性能极好。

有一些学者还认为犀牛可能是独角兽的祖先（参考107页的独角鲸）。

蝙 蝠

旅行家们先前偏爱小巧的欧洲蝙蝠,现在只对热带地区巨型蝙蝠情有独钟。阿尔瓦诺·门答那(Alvaro Mendana,1542-1595)的《门答那叙事记》(*The Narrative of Mendana*)记载了这样一件奇闻轶事:

岛上的蝙蝠身形庞大,大到我都不敢去形容,因为害怕别人说我讲假话,毕竟并不是舰队上的每一个人都见过它们。但我还是测量了一只被我们打死了的蝙蝠,其翼展长度已经超过了3英尺[1]。它的头部和躯体就像一颗大蒜,皮肤层特别厚,牙齿呈犬状。

克里斯托弗·史怀哲在他的作品《1675年到1683年穿越东印度群岛游记》中,也表示对印度尼西亚蝙蝠印象深刻:

8月14日,船上来了两个爪哇人,他们要随我们一起前往巴达维亚(印尼首都旧称),还带了12只如鹅一般大的蝙蝠作为

---

[1] 约为0.94米。

礼物送给我们船长。他俩说，带来的蝙蝠可是难得的人间美味。后来，船长的餐桌上便出现了这稀世珍品，还留了几只权当娱乐。夜晚，这些蝙蝠同普通的蝙蝠一样飞出去觅食，萦绕在可可树旁，吮吸可可果肉的汁液。之后，它们的身体慢慢膨胀，直至翻转倒在地上，这样一来，我们用一只手也就把它们给抓住了。白天这些蝙蝠便栖息在丛林里或躲藏在中空的树里。

《彼得·芒迪欧亚游记》的作者惊叹于马达加斯加蝙蝠的体型居然如此之大：

尽管这儿的蝙蝠翼展开后几近 3 英尺，身形和颜色都像极了狐狸，但论个头来讲，还是比不过一只鼠王。白天，蝙蝠成群地聚集（数量为 400~500 只不等）。它们用翅膀尖端的钩子把自己悬挂在树上，夜晚则外出活动。

约翰·弗朗西斯·吉梅利·卡内里博士在他的著作《环球航海》中这样描述他在菲律宾见到的蝙蝠：

这有一个湖，很小，小到在地图上都找不到。但是水非常深，湖心深不见底。这个湖附近有一座山，奇怪的是，湖水没有受到地下矿物质的影响呈现各种颜色，而是黝黑发亮，水中还生活着一种难以下口的多骨鱼。白天，在湖的周围，不计其数的蝙蝠栖息于此。但当夜晚来临时，你会发现这些蝙蝠成群地飞向远处的森林去觅食。有时，蝙蝠那长达六指距的翅膀一展开，黑压压地似乎把天都给遮住了，这些可都是我躺在浴缸里看到的。蝙蝠聪

明得很，它们知道哪儿的果子成熟了。不过这些水果可就遭殃了，一夜之间就能被蝙蝠吞食完。一大群蝙蝠同时进食发出的声音大到在两英里外都能听得清！直到破晓时，它们才肯罢休，飞回驻地。印度人真是恨死这些蝙蝠了，恨不得把它们全部杀光，为那被糟蹋的粮食报仇，顺带着也能享用蝙蝠肉。因为蝙蝠蚕食了他们的粮食，尤其是goyavas（一种水果）和梨。当地人认为蝙蝠肉吃起来口感像兔肉。当人们斩下蝙蝠头时，已经完全认不出那是蝙蝠了。

会变成虫的树叶

早期探险家们遇到的一些昆虫真是离奇古怪。在《环球航海》中,约翰·弗朗西斯·吉梅利·卡内里博士就心生疑惑,他看到了一棵叶子会活动的树:

整棵树最妙的地方在于树叶。到一定的时节,树叶会变成活生生的动物,还长有翅膀、足部和尾巴,能够像鸟儿一样飞起来!虽然颜色看起来真的与其他叶子没有差别。与叶片脉络走势

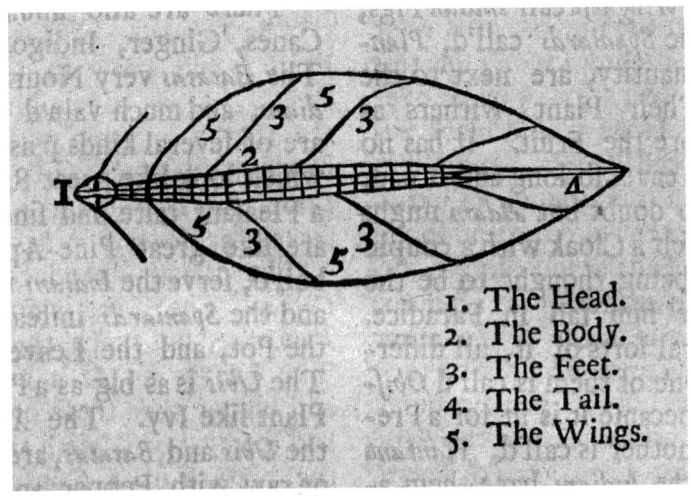

一致，它的叶柄会发育成头部，粗壮的中央叶脉发育成躯干，两侧叶脉有的发育成四肢，有的发育成翅膀，呈对称均匀分布，叶尖自然就发育成尾巴了。

卡内里在书中描述的"会变成虫的树叶"很有可能是一种属于叶竹节虫科的昆虫。这种昆虫与树叶极其相似，它们身体的边缘呈现出淡淡的棕色，移动起来轻飘飘的，就像被风吹起的树叶一样。

竹节虫

R. E. Esq 的《十年游记之欧亚非主要国家》中有下面关于竹节虫的精彩描写:

有一种虫子——竹节虫,葡萄牙人对其十分喜爱,故而称其为"赞美神"。不过也确实如此,这种虫子十分招人喜爱。竹节虫既像一根被活化的棍子,又像嫩芽的顶部,大约有一指长。连接处长有一对足,它就靠着这对足来爬行移动。除此之外,你也就看不到其他任何器官了,比如眼睛、嘴巴等。

大猩猩

探险家第一次邂逅大猩猩时,还不能断定它是人还是野兽。《安德鲁·巴特尔在安哥拉及比邻区域的奇幻冒险》一书中描述的野兽很可能就是大猩猩。

森林里尽是竹子、猴子、大猩猩及鹦鹉,要是只身入内,还会感到害怕呢。森林里有两类巨兽,数量多,攻击性强。

两类巨兽中个头较大的被当地人称为黑猩猩,稍逊色的被称为 engeco(动物名)。黑猩猩长得特别像人,不过比我们要高大魁梧一些。脸跟我们人类几乎没差别,眼部也是凹陷状,但它们长发披肩。手部、耳朵及脸部都光滑无毛,身体长有毛发,但并不密,只是颜色稍发暗,唯一跟人有明显区别的地方就是黑猩猩没有小腿。它们也是靠腿行走,但行走时它们会把手缠绕在脖子上。它们以树为屋,稍微搭点东西就可以避雨。它们全靠森林里的野果为生,因为无肉可吃啊!它们还不会讲话,这点与野兽相差无几。

1847 年,传教士托马斯·萨维奇(Thomas Savage)花 25 美元从加蓬猎人那买来的西非低地大猩猩骨骼[1],第一次向人们揭开了大猩猩的神秘面纱。自此,大猩猩便广为人知了,不再神秘莫测。事实上,萨维奇从没见过活的大猩猩,但他和他的搭档——哈佛大学解剖学家杰夫里·怀曼(Jeffries Wyman)采访了见过大猩猩的当地人,听到过关于大猩猩的详细描述。

　　1902 年,德国上尉罗伯特·冯·贝亨格(Captain Robert von Beringe)在德属东非杀死了两只大猩猩,之后他将标本送回德国进行解剖。就这样,一个新的亚种——山地猩猩就被发现了。

---

[1] 其中两架骨骼现存于哈佛大学比较动物学博物馆。一公一母,都是完整的标本,正是它们确定了相应的官方物种。

河 马

《安德鲁·巴特尔在安哥拉及比邻区域的奇幻冒险》一书中出现了下面这段关于河马简短生动的描述:

哇,这里河马可真多!河马依水而居,一下了水,那可就成了水中一霸。它是个危险的家伙。在这个国家,除了大象,河马可称雄,它们块头最大。河马有四条腿,每只脚均有四瓣爪子,就像公牛一样。不过,河马左前掌的爪子可真是坚硬、锋利。

蜂　猴

　　这本书中关于动物的描述大都来自探险家的叙述。由于他们不是专业的博物学家，对所见的动物，也就不一定能说得上学名了。在当时，由于欧洲科学领域的局限性，人们对一些动物仍然不知道如何命名。

　　接下来的这段描述摘自《东印度与波斯九年旅行之新记述》，这本书的作者约翰·傅兰雅很有可能就是记录印度蜂猴的欧洲第一人。直到18世纪中叶，印度蜂猴这一物种才被正式记载入编。

　　这里丛林密布，走在丛林里，居民常常能碰到象征孤独的"丛林之王"及"半兽人"……通过观察，人们发现"丛林之王"昼伏夜出，白天休养生息，夜间觅食活动。上面说的两种动物都有着猫头鹰一样的头，身形类似猴子，不过没有尾巴；还有，它们右手的第一个手指上长有像鸟儿一样的爪子，四肢与其他野兽无差别，掌面都是扁平的；蜂猴的身体颜色跟狐狸的颜色一样，体长大约为1.5英尺，在12岁发育成熟之前，它们就开始交配。

飞 鱼

接下来关于飞鱼的描述可真是令人称奇,每一个关于飞鱼飞行距离的描述都十分新颖。人们第一次发现飞鱼的踪迹是在突尼斯附近,这也被威廉·比达尔夫(William Biddulph)记录在其著作《四位英商和一位传教士非洲、亚洲、特洛伊、卑斯尼亚、色雷斯及黑海之旅》(*The*

Travels of Four Englishmen and a Preacher into Africa, Asia, Troy, Bythinia, Thracia, and to the Blacke Sea）中：

我们见到的飞鱼，体型如鲱鱼一般大。两侧布有发达的胸鳍，如鸟儿的双翼，后部的鳍稍逊之。当被海豚或狐鲣追赶时，只要双翼呈湿润态，它便能一跃而起冲出水面。但飞得不太远，也就一座山墙的距离。

下面描述的事发生在波斯，收录于约翰·弗朗西斯·吉梅利·卡内里博士的《环球航海》中：

我第一次见到的飞鱼是这样的：它飞行的最大高度离水面约与一把毛瑟枪的长度相同，之后慢慢下降。它的体重一般不超过10盎司[1]，如果大于10盎司，双侧胸鳍带动的力量也就不足以让它飞起来了。在进化的过程中，由于剑鱼的穷追不舍，它们为了活命也就保留了飞行的特性。

1　10盎司约为238.5克。

可怕的鱼

倒霉的费尔南·门德斯·平托（Fernao Mendes Pinto）（葡萄牙冒险家、作家，1509-1583）在一次航海中历经磨难。在由他撰著的《平托历险记》(The Voyages and Adventures of Ferdinand Mendez Pinto，1692，英文版）中，向我们讲述了他在中国海域遇到的奇怪的鱼。然而，以下描述究竟是真实的还是仅仅由神话和迷信引发的误述，目前我们很难判断。

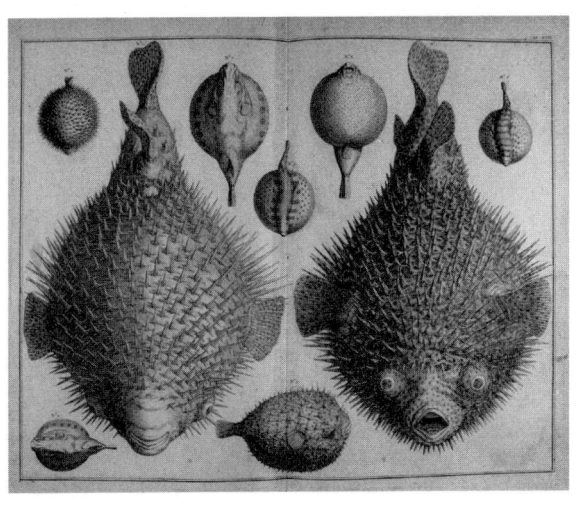

从停靠的港口出发后,13天来,我们一直沿着海岸线航行,最终,以49度的高度到达了海港。之后我们发现,这儿的天气莫名其妙地比其他地方冷,还有,这儿有不计其数奇形怪状的鱼和蛇。一说到这儿,我仍心有余悸。斯米劳(Similau,一位中国人)把自己亲眼所见的奇怪的事告诉了安东尼奥·法里亚(Antonio de Faria)。斯米劳曾经来过这里。因此,他对这儿的情况略知一二。据他说,风暴盛行之时,也就是每年10月、12月和1月的月圆之夜,常常有这类怪事发生,不过他只告诉了我们他亲自证实过的事。我们在这儿看到的鱼形似刺鱼,身长约4英寻[1],吻部类似于牛的鼻口;不过我们还发现了一些神似蜥蜴的鱼,这种鱼身上布满黑色或绿色的斑点,背部有三排尖刺,十分锋利,体形也十分似箭鱼。这种鱼没其他鱼类大,体型适中。这种鱼还有特异功能,它可以像箭猪那样迅速地使自己立起来。这样一来,人们要抓它就很难了。此外,它们的吻部也是尖尖的,颜色为深黑色,还有两颗从颌骨长出的外齿,约两个指距那么长,像极了野猪的獠牙。同时,我们还看到了一些全身发黑的鱼,这种鱼身形真的很大,大到光它的头部就有六指距这么宽。当然,我还遇到一些其他的鱼,已经被晒成了鱼干。在这里就不一一列举了,因为在这儿提臭烘烘的鱼干似乎不太合适。因为经常碰见蜥蜴、鲸、奇形怪状的鱼和蛇,这两天我们过得别提多提心吊胆了!

---

1 英寻约7.3米。

巨型陆龟

威廉·丹皮尔船夫在他的著作《世界巡游》中记录了他在加拉帕戈斯群岛偶遇的巨型陆龟。看得出来，他对陆龟的印象还不错，只不过不喜欢陆龟的气味而已。

除了加拉帕戈斯群岛之外，恐怕再也找不出哪个岛屿有这么多鸟粪石和陆龟了。岛上的鸟粪石体积很大，但却没有一点气味。此外，岛上还栖息着大量陆龟，多到数不过来，这么说吧，岛上的陆龟可供数百人食用很长一段时间。数量真的很多。陆龟身形大。岛上的陆龟，大的体重能达150~200磅。更神奇的是，它们的四肢离腹部约为6英寸。要知道，在其他地方，我可没见过体重超过30磅的乌龟！有三四种乌龟生活在西印度群岛上：其中有一种乌龟，西班牙人称其为hackatee。这种乌龟，喜欢待在有流水的小池塘，腿细、脖子长、掌面扁平，大多重10~15磅。还有一种西班牙人叫作tenopen的乌龟，比上面那种要小得多，但也要圆一些，这种乌龟除了甲壳上有天然刻纹外，其余方面都与前一种相似。这两种乌龟可以说都是人间佳肴，也都极其喜欢待在距离古巴不远的皮尔斯岛上的沼泽地里。在那里，丛林中大量生存着这两种乌龟。加拉帕戈斯群岛上的巨型陆龟与第一种龟很像,都是长脖子小脑袋,唯一不同的是,它们的体型更大一些!

海 龟

对于17世纪的探险者来说，他们的主要目的是占领新大陆和开采新资源。因此，他们对大多数野生动物不放在心上。不过，在《东印度群岛之航——令我印象深刻的那些事》一书中，很显然，爱德华·特里被海龟深深地吸引了：

海龟属于我们常说的两栖动物中的一种，之所以称之为"两栖动物"，原因在于它时而栖息在海底，时而栖息在海岸上。可以说，大自然给了它们最好的防护——龟壳，使它们能随时随地蜷成一团以抵御危险。海龟身上布满了凹痕（铲斗状，但略椭圆），这让它的壳十分坚硬，一辆车都压不坏。海龟靠产卵繁衍后代。经常有人跟我说，将海龟肉剁碎，加上黄油，这样的搭配简直美味，吃起来就像黄油拌小牛肉一样。当然，海龟的壳还可以用来制成质量上乘的梳子、杯子及盒子。

威廉·丹皮尔船夫在《世界巡游》一书中对海龟也做了类似的描述，不过他与我们分享了如何饲养海龟的方法：

浅滩上长有很多泰莱草,因此,大量的海龟便聚居于此。不过你得知道,这儿的海龟可有四五种,它们分别是箱龟、红海龟、玳瑁和绿乌龟。其中,要数箱龟个头最大,嘴也最大最圆,不过,它吃起来既不健康又不美味,比红海龟(之所以叫这个名字,也就缘于它那大大的头)味道欠佳。玳瑁(名字缘于细长的嘴)则是四种龟里体型最小的了,不过它的壳深受人们的喜爱。在欧洲,人们用其制成匣子、箱子、梳子等。玳瑁的壳,每个重约3~4磅,不过也有些比这轻。玳瑁的肉与红海龟的不同,运气好时可能会比红海龟味道好点,但要是吃了大褐菇的玳瑁,那你可就惨了,保证上吐下泻。

有意思的是,玳瑁吃的食物决定了它肉的质量及颜色。如果是以岩石上的苔藓为食的玳瑁,那它的脂肪和肉的颜色会偏黄,口感也不如以杂草为食的玳瑁。除此之外,其甲壳的透明度也不及食用杂草的玳瑁。

熊　猫

　　曾经有那么几百年时间，当今赫赫有名的一些动物要么由于栖息于偏远之地，要么因惧怕人类而没有进入欧洲探险家的视线——这也不足为奇。熊猫正是被人们淡忘数百年的一个典型。如今，熊猫已广为人知，很难想象，150年前，欧洲人对熊猫一无所知。

　　把熊猫引入欧洲的第一人是天主教神父，同时也是博物学家的阿尔芒·戴维（Armand David，1826-1900）。他在中国待了很多年，目的就是观察和收集动植物样本信息。《阿贝·戴维日记》(*Abbe David's Diary*)记录的是他把"新品种熊"运送回巴黎以确定其类别的艰辛历程。

　　短途旅行后，我们受邀去当地地主李员外家做客。他给我们端上了茶和甜点。我在他家发现了一张熊（其实是大熊猫）皮，看起来十分宽大。大概了解后，我认为这真是个绝妙的物种，而且，当与我随行的猎手告诉我过不了多久我肯定能抓住一只这种熊的时候，我真是心花怒放。

　　我的猎手们是基督教徒，离开10天之后，今天可算凯旋了。他们给我带来了一只白熊，很可惜，虽然这只白熊是被活捉的，但为了便于携带,他们把它给杀死了。这只年幼的白熊价值不菲,除腿和耳朵外通体白色,耳朵四周乌黑乌黑的。它皮毛的颜色与我上次在李府里看到的一模一样。这绝对是熊属的一个新品种,独特之处不仅在于它的颜色,还在于它那足底长毛的熊掌和其他一些特点。

之后,我的猎手们给我带回来一只成年白熊,颜色和上次带回来的那只一模一样,只是这只的黑眼圈不那么明显,身体不那么洁白而已。这种动物头很大,鼻子又圆又短,不像北极熊的鼻子那样尖尖的。

之后,戴维把它的皮毛送回了巴黎自然历史博物馆。在那里,人们得以观察和更直观地描述这一新物种。其实,直到 1916 年,德国动物学家雨果·怀哥尔特(Hugo Weigold)从当地人手里买了一只熊猫幼崽,将其送回国,欧洲人才第一次见到活的熊猫。不过很可惜,那只幼崽在到达不久便死去了。19 世纪 20 年代,罗斯福总统(Theodore Roosevelt)的两个儿子科米尔特(Kermit)和小西奥多(Theodore Jr.)随同芝加哥野生动物博物馆队员一起远征,于是,他们俩便成为西方猎杀野生熊猫第一波人。被射杀的母熊猫的皮后来被运回美国,之后,这张熊猫皮的足迹遍布美国各大展览馆。

独角鲸

独角鲸在 17 世纪初就已经广为人知了(那时人们还不知道它的名字)。萨缪尔·珀切斯在《朝圣之旅》一书中提到了独角鲸:

就目前的证据来看,自我们第一次发现独角兽起,这几百年来还没人发现它的踪迹。但一位内科医生证实了这样一点:就解毒性能而言,独角兽还是不敌雄赤鹿。在我看来,在威尼斯和欧洲其他地方,被人视作珍宝的独角兽角中,质量最上乘的应属独角鲸。这是一种鱼类,不过在其前额或鼻子上有一只突出的角。不过,林斯霍腾人认为犀牛才是真正的独角兽。在许多人看来,所有犀牛全是雄性,秃鹰全是雌性这种观念,不仅会被人认为很怪异,还会被人看作不虔诚。

卢克·福克斯(Luke Foxe,1585-1635)上校在他 1635 年的著作《西北狐》(*North-West Fox*)中描述了如今我们熟知的独角鲸:

那时我们周围全是冰,当我们逃离冰窟之后,扭头一看,一只独角鲸映入眼帘,要是当时我们有所准备,我们肯定就能对付它了。独角鲸约 9 英尺长,脊为黑色,脊上有许多小鳍;鱼尾与背脊连为一体,呈中线分布;鱼身两侧带有或黑或白的斑点,鱼腹奶白色;头似龙虾,在头的前部成对向前延伸出一对全黑的角,约 6 英尺长。

1648 年,科学家尼古拉斯·图尔皮斯(Nicolas Tulpius)解剖了英国海岸边的一个独角鲸标本,此时这种动物才第一次正式被发现。

蕉 鹃

蕉鹃色彩亮丽，长居于撒哈拉沙漠以南的非洲大陆。乔治·巴林顿在南非捕获过蕉鹃后，在他的《新南威尔士航行录》一书中，记载了下面一件奇闻轶事。之后，人们便开始疯狂地猎取蕉鹃，收集它的羽毛。

我师父在追踪被射中的蕉鹃途中，掉入了一个约 12 英尺的深坑。坑是霍屯督人[1]挖掘的，主要用来捕获大象这类野兽。幸运的是，坑里什么暗器也没有，因此他没有被固定在坑底的尖矛通体贯穿。一般来讲，猎人们都会在尖矛上端铺一层小细枝来掩盖，矛与矛的间隙还会铺上草皮和苔藓，用来迷惑猎物，大象爱吃的树根被放置在由小细枝铺成的平面上。毫无防备的动物看到自己最爱的食物后都会急切地踩上去，这样一来，他们就稀里糊涂地上套了，一掉进坑，就会被刺伤。

当时他离我和霍屯督人比较远，多次自救无果后，他点燃了信号示意我们赶快去救他。尽管这次九死一生，但仍然没有阻挡

---

[1] 霍屯督人（Hottentots），南部非洲的种族集团。自称科伊人。主要分布在纳米比亚、博茨瓦纳和南非。一般认为属于尼格罗人种科伊桑类型，但更像是远古蒙古人种的残存后代。

我师父追踪蕉鹃的步伐。好在结果令人欣慰，也算是历经千难万险的一种补偿。蕉鹃的体态如优美的旋律一般，令人陶醉。头顶一簇亮绿色的羽毛，周边由白色的羽毛点缀，装点着头部，十分好看。眼睛散发出红色光芒，在耀眼的白色中十分好看。随着观察角度的不同，其翅膀呈现出高贵的紫色，但又比紫罗兰更具风韵。很多博物学家都把蕉鹃看作布谷鸟的一个品种，但事实并非如此，因为蕉鹃跟布谷鸟毫无关联。布谷鸟以蜗牛和昆虫类为食，然而蕉鹃却是食草的。布谷鸟从不自己筑巢，总是把蛋孵在别的鸟窝里，这样它们就省去喂食之忧了，这种懒惰世人皆知。可蕉鹃却不这样，它们身体力行，自己筑巢孵卵。在我看来，就凭这一点，"神奇物种"这一称号对蕉鹃来说实至名归。

鸵鸟、食火鸡及美洲鸵

《阿尔及尔土耳其人俘虏的英国商人 T.S. 先生历险记》一书中这样描述了鸵鸟:

> 在这里,鸵鸟多得数不过来。它们可是这里的"名流",身手敏捷,其他动物都追不上!不仅如此,鸵鸟浑身是宝。当地人告诉我,他们时常还能在沙滩上发现鸵鸟巢。鸵鸟是这样筑巢的:它们先刨一个与自身等大的圆洞,之后按序把产出的蛋放置进去。大约产了 100 个蛋后,它们就开始孵蛋了,但并非整堆同时孵,而是分批进行孵化。阳光照在这些鸟蛋上,促使雏鸟破壳而出。同时,母鸟也在旁边守护它们,待雏鸟破壳而出时,她便会给它们喂食,直至它们能独立自主。母鸟对雏鸟尽心尽责,一视同仁。鸵鸟性格温和,易于满足,还能消化诸如钢铁、石头等难消化的食物。

之所以说鸵鸟能吃下难消化的坚硬食物,是因为鸵鸟没有牙齿,它需要一些碎石状的东西来辅助消化,帮助胃部研磨食物。在《萨缪尔·珀切斯朝圣之旅与世界之关联》一书中,萨缪尔·珀切斯描述了另一大型鸟类 emia。

其实它们更类似于食火鸡而不是鸸鹋，因为鸸鹋原产于澳大利亚〔究竟是不是荷兰航海家威廉·扬松（Willem Janszoon）于1606年发现的那种鸟，这个问题欧洲科学家一直在考证〕而萨缪尔·珀切斯描述的鸟则原产于印度尼西亚：

班达和其他岛上，有一种叫作鸸鹋的鸟，真是令人称赞。鸸鹋前掌稍向上翘，有点类似于鸵鸟，每个掌面有三个爪子，极其强健；它还有一对翅膀和有力的长腿在奔跑和飞行时真是帮了大忙；人们都说鸸鹋没有舌头，像骆驼一样阴茎朝后；对于桔子和蛋类等食物，会按照分类有序摆放；它能像骏马一样疾驰，还可以吃下拳头大的苹果。更蹊跷的是，在避免身体受到伤害的情况下，它们能吞得下滚烫的炭块，也能咽得下寒冷的冰片。

在《拉普拉塔河及跨越唐斯直抵秘鲁航行之旅》（*An Account of a Voyage up the River de la Plata and Thence Over Land to Peru*，1698）一书中，阿格瑞特·杜·毕斯凯（Acarete du Biscay）这样描述美洲驼（鸵鸟家族的一种，原产于南美）：

这儿遍地都是鸵鸟，它们像牛一样喜欢群居。鸵鸟肉极其鲜美，但也只有那些野蛮人才会食用。他们将鸵鸟羽毛制成雨伞，透光度高；鸵鸟蛋味道很好，尽管它很难消化。有一点让我印象极其深刻，那就是，母鸡在孵化时一般都直接坐在鸡蛋上以保温，但鸵鸟有一种本能，或一种远见，它们在雏鸟降世前已经做好了一切准备来呵护雏鸟。具体表现为：雏鸟破壳而出五六天前，它们会在鸟巢的四个角落各放一枚蛋，之后把这些蛋敲碎，当蛋腐败变质时，旁边便会密密麻麻布满蠕虫和蛆，这些虫和蛆，成为雏鸟的大餐，直到它们能自食其力为止。

杜·毕斯凯对美洲驼的观察实在是太精准了。雄鸟建筑爱巢供它所有的"妻子"在此产卵。之后，雄鸟还会在巢的四周放一些迷惑捕食者，它们这样做是在"声东击西"，牺牲几枚蛋以保护老巢的安全。

渡渡鸟

渡渡鸟是遭受人类活动之苦的典型代表。它原产于毛里求斯，于 1598 年首次被荷兰旅行者发现，由于人类的追捕，不善于飞行的渡渡鸟已濒临灭绝，最近一次观察到它的记录已是 1662 年。以下描述均出自托马斯·赫伯特先生的著作《在亚非旅行的那几年》，赫伯特先生早在 1634 年就在他的第一版图书中撰写过他的亲身经历。下面的内容摘自第 4 版和最终版，唯一的区别在于，最终版添加了一些回忆录。

渡渡鸟，荷兰人称其为 walgh 鸟或 dod 鹰，这种鸟身材圆润硕大，行动缓慢，体重很少低于 50 磅。与饲养相比，它们更适合于观赏。它们外表丑陋，天性敏感，骨架偏大。一双翅膀掌控着方向，但它们无法借助翅膀飞行，翅膀只不过是它们被称作鸟类的标志罢了。它们头部的颜色各不相同，其中一半呈黑色，另一半毛发稀少且呈白色，就像被剃掉的草坪一样。它们的喙呈钩状，颈部可向腹部弯曲。发声及呼吸的位置由中部延伸至尾部，亮绿色和土黄色相辅相成。它们的眼睛又圆又亮，周围是一圈绒毛。它们只有三四根颌毛，腿又黑又粗，脚掌极大，胃部灼热，

可以很容易地消化掉石块。

接下来的描述出自托马斯·赫伯特的《1788年新南威尔士至广州之航行》(Voyage from New South Wales to Canton in the year 1788，1789) 并未涉及渡渡鸟，但却记叙了一座无人岛上鸟类的生活窘境，这些鸟非常容易被那些饿坏了的水手拿来充饥：

岛上的塘鹅不计其数，体型肥胖硕大，相比于那些农田里畏首畏尾的鹅来说，它们胆子大多了，一点都不怕生人，所以徒手就能抓住他们。在海滩边高高的草丛里,我们发现了它们的窝,每个窝里都有很多枚蛋,而且蛋还很大。一踏入小森林,我就很惊奇地看到了胖胖的鸽子正栖息在低矮的灌木丛中,这些鸽子的羽毛及其他部分都跟在欧洲发现的鸽子相差无几,只是它们一点都不怯生,因为我不费吹灰之力就能抓住它们。岛上的鹧鸪也很多,遍地都是,也很肥,算得上是人间美味了。有几只被我抓住的,腿断了,我就把它们放在我身边。或许是由于疼痛难忍,这些鹧鸪哀号起来,它们一叫唤,其他的就五六成群地围了过来,这样一来,我就可以把它们一网打尽,要不然我也不可能收获颇丰。虽然它们看起来胆怯畏惧,但兔子急了还咬人,狗急了还跳墙呢,被追捕的时候它们跑得可快了,那是用生命在奔跑啊!

猫

第一次邂逅总是精彩纷呈，正如著名作家莱昂内尔·瓦弗在其著作《新航海及美洲地峡》描述的愉悦的画面一样：

猫和老鼠可是死对头，它们总是纠缠在一起，老鼠大都为灰白色。总会有那么一群猫追着老鼠跑，不过对于老鼠来说，比起被狗追，这已经是种恩赐了。在我离开美洲地峡时，两个印度人登上了船，和我们一起前去玉米岛和Cartagene（地名）巡航。当他们准备下船返航时，我们商讨着该送点什么，就在这时，他们中的一个抓住了一只猫，之后问我们能不能带走，我们当即就允诺送给他们，但他和他的妻子走得太快了，还没等到另外一份大礼呢，就已经坐到他们的独木舟上，欢快地划着桨远去了。幸好他们在船上时就已学会如何享用这美味的猫肉了。

食物

与世界各地的美食邂逅

现代的旅行者都会同意这样的观点：徜徉于世界各地最大的乐趣是吃遍所有美食。早期欧洲探索家们也不例外。不同的是，他们常年吃的只是当地当季的食物。所以，能够有机会品尝世界各地这些美味佳肴不失为人生一大幸事。

约翰·莫奎特在 1696 年写的《非洲、亚洲、美洲、东西印度群岛及叙利亚耶路撒冷等圣地旅行记航海札记》一书中这样描述摩洛哥的食物：

之前我曾提到过古斯古斯[1]，也曾多次品尝，做法是将甜李子或者蜜饯加一些水，放入煎锅，多次揉合，然后将其置于泥制的底部带孔的容器（类似漏锅）中；放于火上，待其沸腾，汤沿着碗的边缘流下。这种营养丰富，类似珍珠状的小吃，非常可口，

---

[1] cous-cous，北非摩洛哥、突尼斯一带及意大利南部撒丁岛、西西里岛等地的一种特产。

吃起来令人欲罢不能。

约翰·莫奎特在《在西印度群岛的短暂旅途中所见奇人异事》一书中，生动地描述了令人垂涎欲滴的美食：

晚餐已经准备就绪，我们坐在这桌丰盛的饭菜前，虽然摆放的位置有些凌乱，但这丝毫没有影响我们的食欲，反而感觉亏欠了主人好多。在桌子中央是一口加了胡椒粉的锅，给人的感觉是一锅大杂烩，里面有一大块牛肉、某种叶子，我认为这可能是热带地区的一种蔬菜；还有黑胡椒、一种蔬菜、百里香、葱；最后把螃蟹、虾和小龙虾放进去，当放入面团和山药后，锅里面的汤显得稠了很多，经过一阵乱炖，刚开始的青虾变成了红色，面团和山药发白，在不同的辣椒的作用下，汤变得色彩鲜艳。一切就绪之后，正如我所描述的，确实色香味俱全。

威廉·比达尔夫在1612的《四位英商和一位传教士非洲、亚洲、特洛伊、卑斯尼亚、色雷斯及黑海之旅》一书中，讲述了他在土耳其所品尝的食物：

土耳其的食物并不是很丰盛，最常见的是手抓饭，将肉，大米，少量羊肉放在一起煮熟，有时候也加一些烤熟的脊骨（有时是一些碎肉或一小块肉）。土耳其最贵的食物是土耳其饺子和土耳其散蛋。土耳其饺子是面做的，像馅饼，其里面放入各种香料和肉类，不是切碎的，而是一小块一小块的。土耳其散蛋是由鸡蛋和香料制成的。

1613年,约翰·萨里斯(John Saris, 1580—1643)在《约翰·萨里斯在日本的旅行》(*The Voyage of John Saris to Japan*, 1613)一书中,做了如下描述:

稻米在这个国家广为食用,颜色最白,质量最好,日本人吃米饭以替代面包。搭配新鲜的和腌制过的鱼类、泡菜、山楂、萝卜和其他盐腌的带根蔬菜;他们常在野鸭、野鹅、野鸡、鹧鸪等各种野味身上抹盐,进行腌制。他们也能很好地储藏野兔肉、山羊肉、牛肉、鹿肉等。日本的奶酪[1]丰盛充足,但日本人不做奶油,也不吃任何奶制品,因为他们坚信喝奶太野蛮,犹如未驯服的野兽一样。

日本的家猪数量丰富。小麦和我们的相差无异,他们也用牛、

---

[1] 由于奶酪从未成为日本饮食的一部分,所以这里作者似乎指的是豆腐。

马、母鹿耕地，平民百姓喝水，在吃饭时，他们喜欢喝热水。他们还认为蜂蜜是驱除蛔虫的灵丹妙药；其他饮料日本人不喝，但是喝用米蒸馏的酒，这种酒价钱便宜，几乎和我们的烈性酒一样，口感辛辣。

中世纪的佛兰德传教士威廉·卢布鲁克在其《卢布鲁克东行记》(*The Journey to the Eastern Parts of the World*, 1253-1255)中，详细描述了蒙古人的饮食情况：

关于蒙古食物，你必须清楚，蒙古人吃的不仅仅局限于活物。由于所养的牛羊数量太多，牲畜的死亡不可避免。但在夏天，除了马奶，蒙古人对其他食物毫不关心。如果有牛或马死了，蒙古人会把它们的肉切成细条，挂起来，风干。这样，即使未放盐，肉也没有腥味。马肠做成的香肠，味道比猪肉香肠的好。当然蒙古人也吃新鲜马肉。吃剩的马肉可以储存到冬天。对于公牛皮，蒙古人以他们传统的方式将其烟熏后制成兽皮袋；马皮则被做成了漂亮的鞋子。对于羊肉，通常一群人分吃；他们将羊肉切小，放入锅中，加盐和水煮，但不放其他调料，吃时他们使用自制的刀叉，像我们削梨或苹果的刀。羊肉熟后，根据客人的数量，每人分得一块或者两块。

在蒙古人的主食中，马奶就是他们的全部。说到马奶，卢布鲁克描述了它是如何制作的：

取马奶需要技巧和智慧。蒙古人用一根长绳紧紧绑在两个桩子上，再将一群小马拴在桩子上，一群母马站在小马旁，让它们安静地吃奶。如果其中一只小马太狂野，那么这只小马只能吃一点点奶就被带走，而此时，挤奶人已经占据小马的位置，开始挤奶，然后将大量新鲜马奶倒入木桶，使用特制的棍子反复搅动，马奶在剧烈的动荡撞击中，温度不断升高，味道发酸或发甜，继续搅拌直到全部奶油发酵。这种马奶酒口感略为辛辣，甚至难以下咽。但喝完后，口中留有杏仁味，使人飘飘欲仙，意识迷糊，尿意频频。

《弗雷·塞巴斯蒂安·曼里克的旅行》（Travels of Fray Sebastien Manrique，1629-1643）一书中记载了17世纪孟加拉国的饮食：

孟加拉国人们的日常饮食是大米，实在没有配料的时候，只放盐，不过他们也会感到满足。他们还食用一种称为 xaga 的草药（印地语，某种蔬菜或菠菜）。那些生活较为富裕的人喝牛奶，吃酥油和其他乳制品；他们几乎不吃鱼，特别是那些内陆的居民。他们人也吃羊肉，包括山羊、山羊仔，以及被阉割过的山羊。除了野猪，他们也会吃野鸽、家鸽、鹌鹑和其他类似的动物。但在任何情况下，他们都不会食用家猪、母鸡、鸡蛋或其他家禽，特别是不吃牛肉。

除了那些不信教者或异教徒，还有一些非常虔信恪守的人，他们不仅拒绝食用任何动物，而且对红色蔬菜碰都不碰，因为他们认为吃任何红色食物是"罪恶深重"的。他们通常吃一种在米饭里加扁豆的混合餐,有时也把米饭分成两部分,一部分加扁豆,另一部分加一种小小的深绿色蔬菜,这种食物易于消化,对体弱多病者有益。在这些食物中,孟加拉国人还会添加大量的酥油以补充体力。

弗朗索瓦·瓦伦汀对锡兰(现在的斯里兰卡)的食物描述如下(1724):

米饭替代面包成为他们的主食,如果里面再加点盐,加了胡椒的炖菜、柠檬汁,那就更好了。对锡兰人来说,吃牛肉是犯罪。当地也没有太多的肉类或鱼类可供食用,即使有,他们宁愿卖给外国人赚点钱,也不愿意自己吃,但对于有钱人,他们的餐桌上摆放了各种各样蒸了很长时间的带有咖喱味的鱼或肉。在穷人看来,节俭是一件光荣的事,人们称赞那些过简朴生活的人。

约翰·弗朗西斯·吉梅利·卡内里博士在《环球航海》一书中记载了中国人的饮食习惯,他对此感到困惑:

中国人一般喝热水,吃冷食,与欧洲人相反;他们从不喝冷水,不论天气是热还是冷,在旅行中就算口渴,他们会耐心烧水,即使热水会烫伤他们的嘴唇。

在餐桌上,对于贵族,他们吃的是山珍海味、鲍鱼海参。有价格不菲的燕窝,值300个西班牙古银币,也有鹿茸等名贵中草药。这些贵族吃饭前絮絮叨叨的时间太长,以至于这些美味佳肴都凉了。

凤　梨

凤梨原产南美洲，由于易种植，很快就遍布热带地区。在16世纪50年代，葡萄牙贸易商和殖民者将巴西凤梨引入印度。18世纪初期，西班牙人将凤梨带到菲律宾和夏威夷。

在1493年，克里斯托弗·哥伦布（Christopher Columbus）碰巧在瓜德罗普岛发现了凤梨，并将其带回欧洲，也就是那年，欧洲人才开始注意到凤梨。当时，糖的产量比较少，而水果只在当季供应，因此，甜如蜜糖的凤梨受到了人们的青睐。

荷兰殖民者在苏里南（Surinam）发现了凤梨，他们种植并将大量凤梨带到欧洲。在1658年，荷兰经济学家彼得·德·拉（Pieter de la）认为是欧洲人最早培育了凤梨。在寒冷地区，如果想要种植凤梨，需要将其放在造价不菲的温室里，只有富人才有能力种植凤梨，凤梨成了富人阶层趋之若鹜的尊贵之物；甚至在建筑上也恨不得把凤梨造进去才能显出自己的富有和品位。[1]

由于凤梨非常昂贵，还有公司开办了租赁凤梨的业务，供人们在家中设宴时将凤梨摆放在桌子上作为装饰，以表示殷实的家底和对客人的热情款待。等到宴会结束，凤梨就会被还给租赁公司，继续租给下一个家庭，直到烂熟为止。而只有非常富有的人才会享用凤梨。1793年的凡尔赛，法国国王路易十五享用了凤梨。此举之后，凤梨成为热情款待客人的象征。特别是在美洲，无论是平民百姓还是达官贵人，用凤梨招待宾客才能显示主人的热情好客。

萨缪尔·珀切斯在《朝圣之旅或与世界的关联》一书中描述了旅行者在印度对凤梨的所见所闻：

在所有水果中，凤梨是最好的一种，它尝起来像杏，口感甜美。打开像朝鲜蓟，味道香甜，但里面没有刺。这是凤梨第一次在西印度群岛出现，这种类似甜瓜的水果，其汁液就像未发酵的甜葡萄汁。

约翰·傅兰雅的《东印度与波斯九年旅行之新记述》一书介绍了他在印度品尝到的凤梨：

凤梨对应的英文是"pine-apple"，如果尚未完全成熟，其内

---

[1] 1675年，荷兰画家亨德里克·汉可特斯（Hendrick Danckerts）所画的油画，描绘了英国国王查理二世在英国种植凤梨的情景，这意味着凤梨成为身份的象征，而只有皇家贵族才有资格享用这种水果。

部和苹果核一样,吃起来有点酸,但品质最好的凤梨味道是甜的。当人们品尝这种美味的水果时,可能会将所有水果的味道都放到凤梨上,然而这只是人们的想象力和味觉的一厢情愿而已。还有人诅咒:

这种外形长得像朝鲜蓟,看似像柠檬的东西,花序于叶丛中抽出,状如松球,外皮上稍能闻到香味,其汁能腐蚀任何铁器或者刀制品。

爱德华·特里也被凤梨所吸引,在《东印度群岛之航——令我印象深刻的那些事》中写道:

我们可以推断:在东印度的水果中,他们的 ananas 也就是我们所谓的"凤梨",这种混合了草莓、红酒、玫瑰香水、糖果味道的水果,令人心生欢喜,口留余味。

R. F. Esq 在《十年游记之欧亚非美主要国家》一书中,记载了在巴西品尝凤梨的情景:

总之,巴西所种植的凤梨,是世界上味道最好的水果之一,其种植方法类似朝鲜蓟,凤梨有锯齿状的叶子,交错密集地生长在顶端,形似多肉植物[1],壳外还有鳞片,剥开外皮,你会发现里

---

1 常见的景天科多肉植物是石莲花。

面就像普通的芒果,颜色金黄,再剥一下,其果肉类似橘子,切片后吃起来令人如痴如醉(可以确认的是,凤梨乃天赐之物),所有品尝凤梨的人都如沐春风,让人心旷神怡。

莱昂内尔·瓦弗在《新航海及美洲地峡》中对凤梨的描述与上文类似:

在美洲地峡,有一种美味的水果——凤梨,外形与朝鲜蓟类似,果实犹如人头大小,顶端渐尖,像皇冠,全缘或有锐齿;茎短,1.5 英尺长,犹如人的胳膊。通常,果实重 6 磅;花序于叶丛中抽出,状如朝鲜蓟。果实外皮不会自动脱落,剥皮后,果肉无核,多汁,味道鲜美,口感超越大多数水果的味道,可以看成它们的混合味。全年均可栽培收获。

直到 1788 年,欧洲才开始种植凤梨。《库克船长的第一次和第二次太平洋航行》(*An Abridgement of Captain Cook's First and Second Voyages*,1788)中简单地写道:

凤梨在这些地方(巴达维亚,荷属印度尼西亚)大量种植,价格便宜。第一次买时,只花 1/4 便士,在水果店,半便士就可以买到一些个头较大的凤梨。凤梨吃起来口感不错,但在英国,只有在温室里才能种植。在这些地方大量种植,只有傻瓜才认为这东西值钱。

有趣的是,上述的探险家都使用了相同的参照物描述凤梨，也就是凤梨外形与朝鲜蓟相似。而朝鲜蓟原产于地中海，直到16世纪才在荷兰和英国出现，与凤梨的出现相比，朝鲜蓟只是晚辈而已。

西 米

西米是由棕榈树类（metrox-ylon sagu 和 metroxylon rumphii）的核或软核加工而成的，原产于太平洋西南地区，是该地区的主要食物。

在英国的维多利亚时代，西米与木薯粉类似，以"病人专用食物"而广为流行，在 20 世纪早期（让大多数孩子们感到恐惧的是，他们经常把胶状的西米珠认为是蛙卵），西米常用来制作布丁。

托马斯·福勒斯特（Thomas Forrest，1729–1802）船长在《新几内亚的旅行》（*A Voyage to New Guinea*，1779）中描述了在济罗罗岛、马鲁古群岛、印度尼西亚等地西米的制作过程：如果不剥开西米棕榈的树皮，其与椰子树无异。

这种树干粗约两英寸，成熟后长出一花穗，茎髓充满淀粉。树在果熟后死去。在西米棕榈花穗出现时，用扁斧将树干劈成五六英尺长。这时候，工匠将含淀粉的髓磨放在一起，加水，反复捶打，直到木质纤维浮出水面，将其滤去，洗涤数次后即得西米粉。将西米粉放入西米棕榈叶子做的圆篮子，为了使西米粉保鲜，通常将篮子浸入清水中。

一棵西米棕榈树可产 200~400 磅西米……一般使用巴布亚土炉制作西米面包。面包师一边烧土炉，一边将西米加水弄成许多小块。如果西米太干，用筛子过滤一次或多次，同时将发黑的或发酸的西米去掉。然后将西米揉制放在一片干净的西米叶子上，包起来，用石头或者木棍压住，根据西米的薄厚，继续加热10~12 分钟，西米面包也可按照上述方法制得，我在多年前就知道这样做。我还保存了一块长达 12 个月的西米蛋糕，而且一直没有生虫。

现烤出的西米面包口感酥软，就像蛋卷。我本人非常喜欢，我的长官也喜欢。西米蛋糕变硬后，需要放入水中软化，吸水后成凝乳，吃起来像小点心。如果没有浸入水中（除非刚出炉）则味同嚼蜡，像一把沙子放入嘴中，难以下咽。

芒 果

芒果原产于南亚和东南亚地区,早期的贸易商和探险家们将其带到整个热带地区。在 1498 年,葡萄牙商人是最早从事芒果贸易的欧洲人。17 世纪,西班牙人将芒果引入墨西哥和南美。此后,芒果在热带地区开始大量种植。

在非热带地区,种植芒果所面临的问题是其难以长距离保存和运输,这意味着芒果未能在欧洲市场得到普及,直到 20 世纪,情况才有所改善。

葡萄牙探险家弗雷·塞巴斯蒂安·曼里克(Fray Sebastien Manrique,1629-1643)在印度的旅行中第一次品尝芒果时就被迷住了,他描写道:

在印度这片广袤的土地上,盛产各式各样的水果,尤其是芒果,它是如此令人垂涎,以至于一些诗人也非常熟悉它。毫无疑问,诗人们希望将芒果列为其心中的美味珍馐。夸张的是,我认为质量好的芒果可以与欧洲的上等水果相媲美。普通芒果是椭圆形,也有一些是圆形的。个头最大的芒果如两三岁孩童的头部那么大,最小的只有鹅蛋大。生的芒果是深绿色的,成熟的芒果是淡黄色的,外形诱人,气味清香。芒果果肉是淡黄色的,生芒果

口感比苹果硬，人们还没有吃下去，就把它扔到一边了。

爱德华·特里在《东印度群岛之航——令我印象深刻的那些事》描述了一种有趣的吃芒果的方法：

这里所产的最好吃的水果，称为"芒果"。芒果来自芒果树，与我们这儿的核桃树类似。芒果的外形和颜色像杏，比杏略大；成熟后，被人们采摘下来，其果肉就像烤熟的苹果一样黏糊，当把果肉吸食出来后，那种味道让人难以忘怀。

约翰·弗朗西斯·吉梅利·卡内里博士在《环球航海》中谈及芒果时，感情不能自已：

芒果树和梨树一样高大，但树叶较软。由于芒果自身的重量，其长长的树枝变得弯曲。未成熟的芒果果肉是白色和黄色的。

相比卡内里对芒果的客观描述，约翰·傅兰雅的《东印度与波斯九年旅行之新记述》一书中则这样描述：

芒果是"水果之王"（人们对其进行了各种改良，使其接近完美）。印度的芒果个头最大、品质最好。大部分芒果像梨和李子，体型是它们的3倍。芒果生长于芒果树上。芒果发青时，气味像松节油。腌制好的芒果可以刺激食欲。成熟的芒果如同金苹果园里的苹果般稀少。就味道而言，其美味令柿子、桃子、杏望尘莫及。

仙人掌果

事实上，仙人掌果为仙人掌属（opuntia）植物的果实。它生长于墨西哥、南美、北非和中东的干旱地区。仙人掌果可用来制作果胶、果酱、糖果等。

《阿尔及尔土耳其人俘虏的英国商人 T. S. 先生历险记》一书中，作者记载了在北非偶然遇到仙人掌的情况：

在这里生长着一些奇怪的树，只有叶子，而且一层叠着一层，叶子厚 2~3 英尺，长 1 英尺或者更长。仲夏时，树尖上的果实成熟，呈淡黄色，阿拉伯人称之为"asholoch"，英国人称之为"仙人掌果"。此物性寒，食后可以提神。人们院中都种有仙人掌树。

但仙人掌果长满了小刺，往往难以发现，因此，不宜徒手接触它。在其他地区，我也只是见到一些。

威廉·丹皮尔船长在《世界巡游》中描写了有趣的一面——仙人掌果吃多后尿液竟会变红：

在西印度群岛的许多地方，仙人掌果长在 5 英尺高的树上。在靠近岛屿或者盐碱沙漠地带长得尤为繁茂。仙人掌树每条枝都

长有 2~3 片叶子，叶子有手掌大小，不像石莲花。叶片边缘都长有 1 英寸长的刺，叶片末端长有仙人掌果，大小如李子。开花时类似枸杞。仙人掌果上也长有小刺，这些小刺最初是绿色，慢慢会变成红色。仙人掌果果肉黏稠，里面是黑色的种子。仙人掌果吃起来十分爽口。据我观察，如果一次摄入 20 多颗，尿液会如血一样鲜红，当然这不是病。

椰 子

椰子这种水果使用范围较广。作为饮料,椰子味道鲜美。其内壳可以做杯子或碗使用,外壳可以制成绳子或者其他织物。不仅如此,它还能漂浮在水面,随着波浪漂到四处去。因此在热带地区,椰子声名远扬。

同时,椰子一直是水手们的最爱〔据说布莱(Bligh)船长因船员弗莱彻·克里斯蒂安(Fletcher Christian)从自

己的储藏间偷走了椰子而谴责他,而此事件导致了皇家海军舰艇"邦蒂"号的兵变],这一点也不奇怪。

爱德华·特里在《东印度群岛之航——令我印象深刻的那些事》记载了椰子的多种用途:

相比其他树木,这种蝴蝶结状的坚果树(在东印度大量生长)出类拔萃:因为这些树木,无须借助其他木材,或任何其他东西(一些铁制品除外),人类可以建造并组装一艘小船……上面的椰子(可以用来做不错的杯子)可以流出奶白色的物质,口感细腻(尝起来像杏仁味道);这种令人愉悦的液体,有益于人体健康,特别可以为航行于海上的人解渴充饥。

托马斯·赫伯特在《在亚非旅行的那几年》中,同样被椰子的魅力所吸引:

椰子(另一种不错的水果)外面有厚厚的皮,如卷心菜大;有些椰子大如脑袋——更精确地说是骷髅头;椰子某些部分像人的眼睛、鼻子和嘴……我们发现椰子里面的东西比其外面要好,里面有1品脱的玉液琼浆,颜色就像刚酿出的白葡萄酒,但香气逼人;其果肉和核黏在一起,有1英寸厚,不容易分开,味道比榛子好,完全够两个人享用。

在《进入东印度群岛》一书中,克里斯托弗·弗莱克对多种用途的椰子记忆犹新,往事历历在目:

接下来出场的是椰子……椰子树的叶子可以为人们的房子提供庇护,就如同房子外面贴上了瓷砖一样,让其保持干燥。椰子树的茎纠缠在一起,可做笤帚用;在整个印度,椰子浑身是宝,椰子外壳是做燃料的好东西,使用椰子壳燃烧的火更旺。树液也可以做燃料用。椰子肉加上牛奶,可以制成非常可口的奶酪;椰汁够好几个人饮用。椰子壳可以做杯子、勺子等。椰子的各种用途实在是举不胜举。

竹　子

竹子源于中国，主要用于建造棚架、制作弓箭和其他家居用品。事实上，竹子是一种禾草类植物，由于其生长和成熟速度较快，这种草本植物遍及世界各地。

1626 年，德国植物学家乔治·埃伯哈德·兰普夫（Georg Eberhard Rumpf）在《植物标本》（*Herbarium Amboinense*）描述了竹子的情况。作为最早描述竹子的欧洲人，兰普夫认为竹子的 24 个变种为芦苇树。直到 17 世纪中叶，瑞典博物学家林奈才开始使用"竹子"一词。

19 世纪中叶，竹子通过海路首次出现在欧洲，成为植物园受青睐的观赏植物，但并无任何实用价值（1894 年在英国，竹制自行车注册专利，专利号 8274）。

葡萄牙传教士在《弗雷·塞巴斯蒂安·曼里克的旅行》一书中写到偶遇了孟加拉国的竹子：

正如我在前面所提及的，这些竹子长有藤叶，一节一节的，就如同我们所用的手杖，但比手杖结实耐用，特别是那些风格特异的"公竹"[1]。还有一些竹子粗如人腿。而那些短小的,没有胳膊长的竹子(palanquin)极具商业价值,每根竹子值两百到三百卢比,因为它们是制作轿子撑杆的好东西[2]。这些又粗又长的竹子可以当作建筑脚手架,剩下的可用作背椅,这种竹背椅类似牛背上的坐具。这样称呼它,名副其实,所以在印度,人们称其为"bueyes"。

---

1 一般来说,竹子分公竹或母竹;母竹中空,公竹实心。
2 palanquin 是竹子的边角料。

荔 枝

约翰·弗朗西斯·吉梅利·卡内里博士在《环球航海》一书中记载了在中国品尝荔枝的情景：

这里还有其他味道鲜美的水果。人们称为"naichi"或"lichie"（葡萄牙人叫"lichias"）的水果形似核桃，表皮如鱼鳞。荔枝未熟时是绿色的，成熟时是肉红色的，口感鲜美，中国人对其赞不绝口。当然，干荔枝也可以储存。

橘　子

据称，橘子原产于东南亚和印度等地，公元前 2500 年，中国就开始种植橘子。由于没有野生橘子树，因此，人们认为橘子是柚子[1]和柑橘的杂交产物。由于栽培历史悠久，现在品种繁多。

11 世纪，十字军将苦橘从巴勒斯坦带到欧洲。15 世纪末，西班牙和葡萄牙贸易商将甜橙引进。

之后，橘子在欧洲备受欢迎。为了使橘子适应当地的气候，富人们在温室中（或橘园）种植它们。16 世纪中期，虽然大多数欧洲人都知道橘子，但只有富人买得起。

爱德华·特里在《东印度群岛之航——令我印象深刻的那些事》中记载了他在非洲品尝橘子的情景：

在这里，我们品尝了味道最好的橘子，这种圆形水果味道甜美，橘瓣外有筋络。果瓣上的外皮就像苹果皮一样薄。我们把果皮和果肉一起吃了，觉得橘子异常鲜甜。

---

[1] 柚子（柑橘属植物）是浅绿色的柑橘类水果，皮厚，果心实而松软，瓤囊多瓣，味甜。

托马斯·赫伯特在《在亚非旅行的那几年》，记载了在印度品尝橘子的情形：

我们在水果店买橘子，我记得橘子非常甜美多汁，令人回味无穷，难以描述。相比果肉，橘皮的味道有些辛辣。橘树开花后，橘子颜色从绿色就突然变成金黄的成熟色了。在温暖的地方，树根源源不断地向橘树提供养分。

茶

据说，茶的发现出于偶然。公元前 2737 年，神农帝坐在树下，而其用人在煮水后递给他时，附近野茶树的叶子刚好落进去，身为中医的神农觉得应该尝试一下，茶就这样被发现了。中国悠久的饮茶历史也就从这个荒诞离奇的故事拉开帷幕。

1658 年，茶叶在英国（伦敦报纸 *Mercurius Politicus*

刊登广告，宣称在一种新饮料"tee"在斯威廷所租的咖啡店亮相）出现，但是价格贵得离奇，因此喝茶成为人们身份地位的象征。那些能够买到茶叶的幸运者，将茶叶存储在特殊的茶罐里，而最重要的是，他们只把钥匙交给亲信保管。在浪漫的场所，年轻女士们用小瓷杯饮茶，俨然成为一种时尚。

1717年，托马斯·唐宁（Thomas Twining）开了第一家茶店，茶广受格鲁吉亚人的欢迎。而为了满足人们对茶叶的需求，运茶船速度加快了，这样，茶叶的成本也得以降低。

萨缪尔·珀切斯在其《朝圣之旅或与世界的关联》中描述了中国人饮茶的习惯：

> 我无法忘记在中国所发生的事情：他们从灌木取了些叶子，就可以当饮料喝。春季，收集茶叶，在阴凉处干燥后储存。这样，吃饭时可以喝，客人来了也可以喝，一壶茶可以冲泡2次或者3次。中国人趁热啜茶，尽管茶入口发苦，但饮茶有益健康：但是古时候的人不喝茶，在书中也没有记载茶叶的特点……中国人用热水泡茶，喝完后，茶叶留下。

1637年，英国旅行家彼得·芒迪在《彼得·芒迪欧亚游记》一书中描述了在中国品尝茶的情景。作为第一个记载此事的英国人，芒迪的描述非常简明：

人们给了我们一种叫 chaa 的饮料，只是水和茶的混合物，茶浮在水上。还必须趁热喝，据说有益于身体。

约翰·弗朗西斯·吉梅利·卡内里博士在《环球航海》中描述了喝茶带给中国人的益处：

中药茶或者茶，是中国人最青睐的饮品，就如同巧克力之于西班牙人。我们没有参观访问，不了解质量上乘的茶从何而来，只能随便说说而已。茶如其字，与草药有关，茶叶是从灌木丛中采摘的。之后，将茶叶放在大锅里面用温火炒，用炒茶帚在锅中旋转炒拌，叶子跟着旋转翻动，均匀受热失水，要转得快，用力匀，抖散茶叶。待叶质柔软，叶色暗绿，即可出锅。最后，将其放入木罐或者锡罐中，避免潮湿。喝茶时，把茶叶放入开水中，刚放入时茶叶呈绿色，叶子慢慢展开后，香气逼人。当然，茶叶的种类不一样，有的 10 便士就可以买得 1 磅，有些 10 先令只能买一点点。有的茶水是金色的，有的是绿色的；有些味道较苦。质量最好的茶叶价钱不菲。中国人之所以把茶作为中药，既不是因为茶可以治愈痛风，也不是其可以治疗结石，而是认为在饭后喝茶，可以防止消化不良，茶水可以将胃中的废物带走，使醉酒后的大脑变得清醒，减缓恶心带来的不适；茶还很提神，能使读书人刻苦攻读。

香蕉和芭蕉

香蕉和芭蕉是同一植物的不同品种。在欧洲，我们将它们看作不同的水果——香蕉可用来食用，而芭蕉用来烹饪，不过在世界上大部分地区，这两种水果几乎无差别。

香蕉的种植已有几千年历史。最早发现人类种植香蕉是在公元前 5000 年左右的巴布亚新几内亚。之后，香蕉传播到亚洲、非洲和中东地区。中世纪，当摩尔人把香蕉带到塞浦路斯和西班牙时，香蕉才第一次在欧洲出现，但是直到 17 世纪中叶，英国才看到香蕉，而到维多利亚时代，人们才开始接受香蕉。

今天，最为常见的香蕉品种是卡文迪什香蕉。1829 年，通过海路，查尔斯·特尔菲尔（Charles Telfair）将其在毛里求斯发现一些特别美味的香蕉品种运回英国。直到德文郡第六代公爵威廉·卡文迪什（William Cavendish），这些香蕉品种灭绝。卡文迪什庄园总园艺师约瑟夫·帕格斯通（Joseph Paxton，伦敦水晶宫是他所设计）开始在查特斯沃思庄园的大棚里种植香蕉。1836 年，卡文迪什香蕉作为香蕉的新品种，传到加勒比、南太平洋和澳大利亚，被人们所认可。

直到 1830 年，南美洲的香蕉大获丰收，紧接着是加勒比海地区，之后香蕉在全球变得流行[1]。1950 年，卡文迪什香蕉成为世界上最受欢迎的香蕉品种，而其他香蕉几乎被黄叶病消灭殆尽。幸运地是在德比郡的温室中，卡文迪什香蕉出现了。

理查德·布思比（Richard Boothby）在《对马达加斯加群岛中最出名岛屿的简单探索或描述》（*A Brief Discovery*

---

[1] 据说，香蕉和巧克力是英国在第二次世界大战定量配给的最为重要的食物。奥伯龙·沃（Auberon Waugh）在其自传中回忆，在艰苦的战争年代，他的母亲想方设法把 3 根香蕉作为礼物送给孩子们。奥伯龙的父亲作家圣约翰·沃（Evelyn Waugh）自己抓住香蕉，沾满糖和奶油，将其全部吃掉，而孩子们则眼巴巴看着父亲吃香蕉的样子，流口水。

or Description of the Most Famous Island of Madagascar）中，就有对芭蕉的记载：

这里可能还有其他好吃的水果，如芭蕉，这种地方在英语中我们称之为"伊甸园"，也就是在那里，夏娃受蛇的哄诱，偷食了知善恶树所结的果实。现在，这里树上所生长的芭蕉正在诱惑人们。芭蕉的味道就如同杏的味道一样，令人回味无穷。它们可以作为小吃保存，有益于身心健康。芭蕉成簇生长，每簇长有100个左右的芭蕉，大一点的形如鳕鱼，味道甜美。将其切成小块，配以醋、胡椒和盐，可以减轻芭蕉的甜度，就犹如防风草加黄油一样。芭蕉树与苹果树类似，没有树枝，但叶片宽大。芭蕉叶和芭蕉树是母牛的好食物。芭蕉树干虽高大，但形似巨大的卷心菜，弱不禁风，猛然一击，就有可能轰然倒下。

托马斯·赫伯特在《在亚非旅行的那几年》一书中，记载了印度香蕉的情况：

香蕉味道甚佳：香蕉树并不高大，但枝繁叶茂；香蕉形如腊肠，但口感甜美，成熟后即可食用；成熟后，香蕉的表皮颜色从深绿色变成亮黄色，外皮非常容易剥；入口即化，味道无与伦比。

莱昂内尔·瓦弗在《新航海及美洲地峡》一书中，已经注意到香蕉和芭蕉之间的差异：

美洲地峡盛产生香蕉。它们应该是芭蕉。其果实短粗,味道甜美,含淀粉。生吃最好吃,芭蕉也可以煮熟享用。

R. E. Esq在《十年游记之欧亚非美主要国家》一书中,对巴西的香蕉推崇备至:

除了野生柠檬树,这里随处可见的是香蕉树,香蕉树需要一年时间才能长到普通李子树或樱桃树的高度,叶长圆形或椭圆形,长6英尺,宽2英尺,大约40枚簇生茎顶,外皮如同豆子的颜色。成熟后的香蕉为黄色,相比我们所吃的杏,其外表更硬实,味道更甜美。

爱德华·特里在《东印度群岛之航——令我印象深刻的那些事》中说:这里芭蕉的味道超过英国的味道。

另外一种水果我们英语称为芭蕉(planten),许多果实长在同一果丛上;形状较长,类似黄瓜;成熟的芭蕉是黄色的,口感就像诺里奇梨,但味道要优于它。

约翰·莫奎特在《在西印度群岛的短暂旅途中所见奇人异事》一书中,认为芭蕉用途广泛:

芭蕉是一种最有营养价值的蔬菜,是穷苦黑人的福音。它皮薄,吃时需将皮剥去。富含淀粉,有益于健康;成熟后因富含淀粉也被称为面包菜,常被富奢家庭食用。成熟的芭蕉也可以油炸,做成芭蕉饼。芭蕉树尺寸从 7 英尺到 7 英寸，没有人手腕粗。一束束长在树上，每束长有 15~60 个，甚至更多芭蕉。

托马斯·赫伯特在《在亚非旅行的那几年》一书中写，由于吃了太多的芭蕉产生了不良后果，他警告人们：

芭蕉（味道无与伦比）……它们一束束挂于树上，犹如豆子缀于茎叶上；外形长而圆，略不同于香肠；剥皮后的芭蕉，果肉呈金黄色，味似温莎梨，入口即化，口留余香。芭蕉利尿，但如果无节制地大量摄入，将腹泻。

牛油果

牛油果原产于墨西哥。5000 年前，中美洲人民就已经开始栽培它们。16 世纪，西班牙和葡萄牙的殖民主义者发现了这种水果，将其传至南美洲。

1696 年，爱尔兰博物学家汉斯·斯隆爵士（Hans Sloane）在研究牙买加植物时，最早创造了"avocado"一词。但是直到 1920 年，牛油果才开始被英国人民所接受。

威廉·丹皮尔船长在《世界巡游》中也记载了巴拿马的牛油果：

牛油果树比我们这里的梨树高大，树皮光滑，发黑；树叶呈椭圆；牛油果比柠檬略大，未成熟前是绿色的，成熟后是黄色的，果肉淡黄色，软如黄

油;牛油果可以保存3~4天,果壳易于剥掉。果核同李子一样大。由于牛油果味道清淡,吃时通常需要加糖和酸橙汁。西班牙人将牛油果视为令人兴奋之物,将其种于他们所居住的北海等地。

约翰·莫奎特在《西印度群岛的短暂旅途中所见奇人异事》一书中谈到,通过许多有趣的传播方式,牛油果在欧洲广为人知(或许人们并没有品尝):

牛油果,一种汉斯·斯隆爵士[1]所命名的笋瓜,一般称其为"鳄梨",结于高大的树上。比冬日里烤的梨略大,生长习性也不同于梨。未成熟时就会掉落于地上;有时候,完全成熟才摘下来,可以保存好多天。牛油果的果皮厚,有些发绿,有些发紫,成熟后的牛油果是绿色和黄色的混合体,果肉黏稠,类似西葫芦。

牛油果既可以作为蔬菜与肉搭配,又可以作为水果取代甜品。有时可以像切瓜一样,将它切成薄片,配以胡椒和盐;有时候可以一分为二,放红酒和糖加以搅拌。

---

[1] 汉斯·斯隆(Hans Sloane,1660-1753)爵士是一名内科医生,更是一名大收藏家,其收藏品来自世界各地。包括大批植物标本及书籍、手稿。根据他的遗嘱,所有藏品都捐赠给了国家。这些藏品最后被交给了英国国会。在通过公众募款筹集建筑博物馆的资金后,大英博物馆最终于1759年成立并对公众开放。

西 瓜

西瓜原产南非,之后迅速传到尼罗河地区、印度、中国。1576年,殖民主义者和奴隶贩将它带到美洲。

爱德华·特里在《东印度群岛之航——令我印象深刻的那些事》中也记载了这种清爽解渴,味道甘甜多汁的水果:

这里盛产又大又甜的西瓜,有些西瓜如同南瓜般大,也是圆形;瓜瓤多汁,味道很好,颜色粉红,其汁清爽解渴,具有清热、利尿之效。

约翰·莫奎特在《在西印度群岛的短暂旅途中所见奇人异事》一书中,对西瓜赞不绝口:

在这种气候下,西瓜可谓独领风骚。它甜美多汁,其他水果无法与之相比。将其放入凉水或者地窖中,吃起来更是清爽可口。

百香果

百香果是西番莲科西番莲属的草质藤本植物，原产南美洲。大小如李子，成熟时果皮为亮黄色，黑色种子遍布果肉，香气十足。约翰·莫奎特在《在西印度群岛的短暂旅途中所见奇人异事》对其有所记载，当时，英国的园艺师已经尝试栽培这种水果：

百香果是这个国家最好吃的水果之一。它长而圆、中空，生长周期是同等大小苹果的 3 倍；熟透后将其采摘，呈紫色。果瓤多汁液，种子也在瓤中，味道酸甜，可加入糖，吃时用勺子；将其外皮切丝，做成蔬菜馅饼，味道与苹果派相比难分高下。百香果属藤类植物，与西番莲类似。

当我回英国之后，曾与 B 先生谈及百香果，B 先生称，在其父亲的花园里，距离温莎不远的地方，也长有 3 株类似西番莲的植物，人们对它充满好奇，并毫不知晓这种植物究竟是何物。当 B 先生从牙买加回来之后，他告诉人们，这种植物的果实可以食用。而在这之前，由于无人管理，百香果没有结出果实，第二年竟然死掉了。

与本书中提及的其他水果相比,在英国,百香果并未被人们完全接受(这也许因为西番莲的味道远远超过它,没人注意罢了)。

番石榴

番石榴原产南美。在墨西哥,威廉·丹皮尔船长见到这种水果,在《世界巡游》一书中记载了此事:

番石榴,灌木。树枝长而少,树皮平滑,灰色。果实呈卵形,皮薄,种子多,与梨类似。东印度或西印度人们早已注意到,其果实绿色时就可食用。果皮黄绿,果肉柔滑,口感极佳。成熟后,可以像梨一样进行烘焙,也可以像苹果一样用文火煮着吃。番石榴品种繁多,可根据其形状、口感、颜色加以区分。有些果肉是红色的,有些是黄色的。未成熟时味道较涩,成熟后味道甘甜。

面包果

面包果[1]原产太平洋,玻利尼西亚人将其引入了殖民地,对其赞不绝。可以在《1595年至1606年佩德罗·费尔南德斯·德·基罗斯之旅》一书中找到这些描写,该书也是最早记录欧洲人在马克萨斯群岛食用面包果的情况:

> 长在人们门前庭院中的面包树,果实可长至脑袋大小。成熟后是鲜绿色,而未熟时非常绿。外皮纵横交错,类似凤梨。外形为倒卵形,相比顶端,末端较细。树干中长出叶柄后结果,果实被树叶覆盖。果实无核,除果皮外,可全部食用。吃法多种多样,人们称其为"白色食物"。其淀粉含量非常丰富,是一种不错的水果。

---

[1] 在詹姆斯·库克船长带领"奋力"号的探险历程中,约瑟夫·班克斯(Joseph Banks, 1743-1820)曾在塔希提岛停留期间,对面包果印象深刻,认为这种食物可以充分利用。在听了其报告后,英国政府认为面包果这种淀粉含量非常丰富的食物可以充当加勒比海种植园中奴隶们的粮食。1787年,为了将大量面包树栽种在加勒比海地区,威廉·布莱船长指挥"邦蒂"号航行再次前往塔希提岛。不幸的是,在行程中发生叛乱事件,布莱船长被驱逐,面包树也随之消失。但是,布莱船长顽强不屈,再次回到塔希提岛(船上装载了2126株面包树),经过千难万险,1793年,最终,有678株面包树存活下来。但是这些来之不易的面包树并没有受到奴隶们的欢迎,面包果始终未成为他们的主食,他们拒绝食用。

威廉·丹皮尔船长在《世界巡游》中记载了他在关岛发现的这种水果，他对此印象深刻：

这片并不肥沃的土地却瓜果飘香，有稻米、凤梨、西瓜、甜瓜、橘子、酸橙、椰子，还有一种特殊的水果"面包果"，它长在高大的树上，类似苹果树，叶片是黑色。面包果结在较大的枝丫上，外形像苹果，有两便士面包大小。成熟后，其果实颜色变黄，果肉软甜。但是当地人在其绿色时就烘烤，直至外皮变黑。剥去皮，吃其里面，果肉乳白柔软，如同现烤面包，无核。但如存放超过一天的时间，果肉就变硬了。

榴　莲

榴莲别具风味。气味浓烈，爱之者赞其香，厌之者怨其臭。榴莲原产东南亚，在这些地方负有盛名（由于其气味浓烈，人们不愿意运输，还多次被禁止运输）。

虽然欧洲旅行者对榴莲的了解已经多达 600 年，但其并未被欧洲人所接受，《英国航海家在全世界航行史》（*A Historical Account of all the Voyages Round the World performed by English Navigators*，1773）中详尽地描述了这种水果的独特味道：

> durion 一词来自 dure，俗语，意思是刺，之后一直沿用下来。榴莲果皮坚实，密生圆锥形刺，果肉比栗子肉多，黏而多汁。作为当地人喜欢吃的水果，其气味类似洋葱，超过欧洲任一种蔬菜，吃起来就像是洋葱、糖、奶油的混合体。

可可豆

当西班牙殖民者从美洲大陆把可可豆带到欧洲时,在17世纪中期,欧洲贵族们流行喝巧克力饮料。将可可豆烘焙,研磨后加水,调成糊状,干燥后制成可可粉,就可以运输到欧洲。

18世纪,欧洲的巧克力屋如同雨后春笋,遍地都是。

将条状可可粉加入牛奶中，煮沸后即是巧克力饮料。可谁又能料到，100年之后，随着蒸汽机的发明，可可豆的研磨更加简便快捷，其价格也随之下降，巧克力成了人们制作蛋糕饼干等美味食物的原料。

《北美洲和南美洲历史》一书中对可可豆的描述如下：

> 可制作巧克力的可可豆在新西班牙（墨西哥、中美洲、北美滨海地区）的贸易中随处可见。可可树并不高大，树干光滑，浅黄褐色，材质轻软，渗透性好。花直接开在树干或主枝上，玫瑰状，略小，无香味。可可果实呈椭圆形，种子埋藏在胶质果肉中，整个果实形似黄瓜。每粒种子外面附有白色胶质。可可未成熟之前，味道发酸。完全成熟后，可可豆外面有种皮包围。可可豆整齐排列。外壳非常坚硬，含油量大，是制作巧克力的主要成分。

木 瓜

以巴婆果闻名的中美洲也盛产木瓜。由于木瓜富含维生素C，很长一段时间被当作药。约翰·弗朗西斯·吉梅利·卡内里博士在《环球航海》中对木瓜的赞美溢于言表：

木瓜树高度不到20米,树干柔软,易于砍伐。木瓜成熟后像葡萄一样一串串挂于树干上,成熟后的木瓜体型更大。在印度的葡萄牙属地,人们称木瓜为"耶稣果",因为吃起来甜美异常,而且这里的神父们非常喜欢吃,每餐不可或缺。

香荚兰

几百年前,墨西哥东海岸的托尔特克人就开始栽培香荚兰。作为最早栽培香荚兰的人,如何种植香荚兰成为托尔特克人的秘密。直到 15 世纪中期,阿兹特克人征服托尔特克人后,将香荚兰藤加入其所喜欢的"xocolatl"或我们现在所熟悉的"巧克力饮料"中。

1520 年,西班牙殖民者埃尔南·科尔特斯(Hernando Cortes)摧毁了阿兹特克(Aztec)古代文明,并在墨西哥建立了西班牙殖民地,他将所掠夺的大量财宝带回欧洲,但是并没有带走香荚兰(大概美洲豹、犰狳、阿兹特克杂技艺人过多地吸引了他的注意力)。直到 1602 年,药剂师休·摩根(Hugh Morgan)向伊丽莎白一世提议,将香荚兰加入巧克力中,用以提升味道。

18 世纪末,历经千难万险,人们将香荚兰带到印度洋的留尼旺岛进行种植,发现香荚兰长得非常旺盛,但几乎不结香草豆。

1836 年,比利时植物学家查尔斯·莫伦(Charles Morren)认为不结香草豆是缺少授粉。在墨西哥,野蜂会帮助传授花粉。1841 年,一名当地的奴隶埃德蒙·亚比努斯（Edmond Albious）采用人工授粉的方法，使香荚兰的产量大幅增加，这样香荚兰的贸易量也随之增长了。

威廉·丹皮尔船长在《世界巡游》中对墨西哥的香荚兰有记载，从记载中我们看到从香荚兰中提取香料颇费周折：

香荚兰是一种攀缘植物，长可达数米，叶大而浓绿。花浅黄色。果荚有4~5英寸长，未成熟时为绿色，成熟后为黄色，种子为黑色。将香荚兰果荚采集来，晒干后变软，颜色呈栗色时，用手压碎。印第安人用油将其炒熟后，以非常便宜的价格卖给西班牙人。我只是在坎佩切州（墨西哥东南部的州）和Bocco-torro（地名）听到过香荚兰。在这些地方，我采集了一些香荚兰，费力地提取，但失败了。我了解到当地人也曾这样尝试过，但效果甚微。我认为印第安人采取特殊的方法提取香荚兰，该方法不被外人所知。

甘 蔗

蔗糖的历史悠久而曲折——它作为经济作物极大地刺激了奴隶贸易，对加勒比海和美洲大陆的开发功不可没。在印度，蔗糖5000多年前就为人所知，据说甘蔗最早是波利尼西亚旅行者引入的。公元前510年，波斯帝国皇帝大流士征服印度，将印度甘蔗——一种不需蜜蜂就能产生蜜糖的作物带回波斯（现伊朗）。

伊朗的甘蔗被阿拉伯人带到了北非和中东地区，又从这些地方传到了葡萄牙和西班牙。1493年，克里斯托弗·哥伦布在发现美洲大陆的过程中，将甘蔗带到加勒比地区种植。在这里，甘蔗繁荣生长，长势远远超过其他地方。之后，美洲大陆上甘蔗种植园如雨后春笋般出现，蔗糖被大规模地生产出来。1750年，英国已有120座精炼糖厂，每年可生产3万吨蔗糖。

在中世纪，蔗糖在欧洲是昂贵稀有之物。直到1874年，英国首相威廉·格莱斯顿（William Gladstone）免去蔗糖税，平民百姓才有机会享受这种东西。

《北美洲和南美洲历史》记载了西印度群岛甘蔗的种植情况：

西印度地区的大宗商品是蔗糖，希腊人或罗马人对蔗糖毫不知情，但据我们所知，中国在很早就拥有制糖技术。但在美洲大陆，葡萄牙人最早种植甘蔗，并使蔗糖成为欧洲常见的奢侈品。

甘蔗秆高6~8英尺，每节4~5英寸。表皮微黄，坚硬。顶部翠绿，叶子可以多次长出。甘蔗多汁，味甜，有些甚至甜得发腻。即使生吃，营养也非常丰富。

腰 果

腰果原产巴西。1920年,印度开始种植并出口,之后腰果获得了人们的青睐。然而,很多欧洲人都不知道腰果是生长在腰果梨上,腰果梨在巴西非常受欢迎。不幸的是,腰果梨不能长时间运输,采摘24小时后便会发酵酸败。因此,腰果梨只能在采摘后尽快吃掉。

16世纪,葡萄牙人将巴西的腰果带到印度和莫桑比克后,腰果在这些地方旺盛生长。但是直到19世纪,腰果才开始大量种植,因为腰果外壳上含有腐蚀性极强的壳油,腰果仁难被取出。1920年,斯里兰卡的洛克·维多利亚(Roch Victoria)成功将腰果外壳去掉,腰果的国际贸易从此开始。

R. E. Esq在《十年游记之欧亚非美主要国家》一书中记载了巴西腰果的情况:

在这里,有一种树和我们平常见到的苹果树相似,树叶类似板栗叶,果实比绿无花果略大,结于树上。果实可以全部食用,烤熟后融化成汁,味道极佳,远远超过冷却和刚采摘时。不过可能会有些丝黏在牙上,难以下咽。

肉豆蔻、肉豆蔻干皮、丁香和肉桂

中世纪以来，在欧洲，阿拉伯人和威尼斯人就开始了肉豆蔻、丁香和肉桂的贸易，因此它们已经广为人知。由于产量较少，运输不便，只有富人才有钱买这些最珍贵的香料。当这些香料几经曲折，通过众多贸易商出现在欧洲时，已经难以辨认原产地了。

17世纪荷兰占领了印度尼西亚的大部分地方之后，荷兰东印度公司垄断香料长达150多年，他们控制着这些香料的价格和数量（为了维持较高的价格，荷兰人故意限制香料的产量）。

肉豆蔻原产印度尼西亚班达群岛，荷兰人在占领了印度尼西亚这片弹丸之地后，严格控制其贸易，当时，肉豆蔻在印度尼西亚的部分地方种植。在《进入东印度群岛》一书中，克里斯托弗·弗莱克记载了肉豆蔻树的情况：

肉豆蔻树很像梨树，但没有梨树那样人人皆知，相比梨树叶，其树叶更圆。果实与桃子一样，吃起来味道非常不错，成熟后气味诱人。豆蔻外壳坚硬，颜色为灰色，成熟时便进开，露出一层闪亮的硬壳；其花是红色的，当结满肉豆蔻后，看起来更是鲜艳

夺目。硬壳上还缠绕着鲜红色的不规则的狭长带构造。这种红带是果实的假种皮，用来制成肉豆蔻干皮，褐黄色，我们在欧洲看到过这种东西。壳内的种子就是肉豆蔻。假种皮从硬壳取下后，两者分开干燥。

1817年，英国人在其殖民地格林纳达、斯里兰卡、新加坡种植肉豆蔻，使得产量大大增加，此举结束了荷兰在肉豆蔻和肉豆蔻干皮的垄断贸易。

丁香原产地也是印度尼西亚（摩鹿加岛或香料群岛）。当地有一种极其重要的传统风俗，每当有孩子出生，就种植一棵丁香树。为了便于控制丁香贸易，荷兰人只将丁香树种植在其所管辖的区域，并制定政策，外区域的丁香树只能砍伐或者焚烧。这样，愤怒的当地人只能尽力保护这些"赖皮"丁香树。而蒂多雷岛的丁香树竟然被荷兰人所毁灭。1770年，据法国人说，一个名叫普瓦夫尔的人偷了一些丁香种子后，带到了桑给巴尔岛（坦桑尼亚东北部岛屿），这些丁香在此处落地生根，繁荣生长，从此，丁香就开始在这里进行交易，这似乎有些神奇。在《进入东印度群岛》一书中，克里斯托弗·弗莱克对丁香树记载如下：

丁香树与月桂树相似，最开始花是白色的，之后是绿色的，最后是红色的。绿色时，其味道极香，无与伦比。如果过于靠近，香味之浓烈甚至会使人窒息。

1638年，当荷兰人从葡萄牙手中接管锡兰（今斯里兰卡）后，开始了对肉桂的控制。1784年，英国人占领此地。克里斯托弗·弗里克也记载了他在锡兰见到的肉桂树：

这个岛上最有价值的是肉桂，树皮为灰褐色，比橄榄树高大。树叶类似月桂叶，比其略小。花白色，果实像葡萄牙的黑色橄榄。肉桂树有两层皮，肉桂是其里面的一层，新生乔木的内层树皮剥下后，日晒干燥后，便卷成了长条细棍，也就是我们在欧洲所见到的样子，颜色也变成了灰色。

弗朗索瓦·瓦伦汀在《弗朗索瓦·瓦伦汀记载下的锡兰》对肉桂的描述如下：

锡兰岛上最重要的树是肉桂树，锡兰人称 corindo-gas。这种树有两层皮，用刀剥开，最外面那层不是真正的肉桂，最里面的那层才是，用刀先从树上横着划一圈，之后再纵向划一下，干燥后，肉蔻卷成了长条细棍，这也就是我们平常所见的样子。

肉蔻树剥皮后，不再生长。新树通过种子种植。肉蔻树质轻，白色，只有在燃烧时才有香味，类似冷杉木的味道，当地人则用豆蔻树建房子、做家具，如橱柜和桌子。

山　竹

山竹原产于印度尼西亚，现在已经遍及东南亚。也许是因为山竹采摘后的保鲜期较短，因此并未在英国广受欢迎。

克里斯托弗·弗莱克在《进入东印度群岛》一书中写到，品尝山竹之后余味令他久久难忘：

> 东印度地区所产的所有水果……我想有一种是无可挑剔的……名列榜首，当地人称 manges tanges。这种水果有苹果大，外壳黑褐色。由4片果蒂盖顶，剥开壳，便见几瓣洁白晶莹的果肉，相互围成一团。山竹果肉雪白嫩软，犹如奶油化于舌尖，味清甜甘香，润滑可口，其他水果不可比拟。

《英国航海家在全世界航行史》中详尽地描述了这种水果的独特味道：

> 山竹果为深红色，比苹果略小，开花时果实底部有一些小叶，果实顶部为三角形叶片。山竹果里面是几瓣洁白晶莹的果肉，围成一团，果形扁圆，营养丰富，味道无与伦比，有解热清凉之功效。

咖　啡

咖啡树原产于非洲埃塞俄比亚，在15世纪首次有人提及，直到现代才被人发现。咖啡所具有的刺激作用使其很快流行开来。为了保持清醒，苏菲僧人为在夜间可以进行祈祷而最早饮用。

15世纪早期，咖啡流传到了圣地麦加，很快遍及中东地区。不久，旅行者将咖啡带到欧洲，据说在16世纪早期，当时一些天主教人士认为咖啡是"魔鬼饮料"（奥斯曼帝国的异教徒认为咖啡是非常不错的饮料），怂恿当时的教皇克莱门八世禁止这种饮料，但教皇品尝后认为可以饮用，并且祝福了咖啡，因此咖啡在欧洲逐步普及。

由于人们急于品尝这种新的饮料，咖啡店开始在欧洲大量出现。17世纪中期，最早的咖啡店在英国出现，很快成为人们聚会和辩论的理想场所，成为启蒙运动时期精神的代表之地。

威廉·比达尔夫在《四位英商和一位传教士非洲、亚洲、特洛伊、卑斯尼亚、色雷斯及黑海之旅》中记载了他对咖啡的第一印象：

当地人最普通的饮料是 coffa，称咖啡，是一种黑色饮料，用类似豌豆的豆子制成。将咖啡豆研磨，加水煮沸，趁热喝。他们喜欢这种饮料，认为可以帮助消化所吃粗糙之物，从草药和生肉中获得力量。

意大利探险家彼得罗·德拉·维尔（Pietro della Valle，1586-1652）在《波斯之行》（*Travels in Persia*，1658 年在英国出版）对土耳其咖啡进行了详尽的描述：

土耳其有一种黑色饮料，夏天喝起来非常凉爽，而冬天，喝起来很暖身……我记得它好像是树上的果实或某种谷物制得的，生长在阿拉伯半岛靠近麦加的地方，果实称"cahue"，这种饮料的名字也源于此。咖啡豆为椭圆形，和中号的橄榄一样大。咖啡成分也分为外皮和内核两种，当地人认为，外皮和内核味道不同，一种使人温暖、一种清爽，但我实在记不清哪种对应哪种了。你可以选择热咖啡或者冰咖啡。

制作这种饮料的过程是这样的，为了达到理想状态或者想象中的味道，他们将咖啡豆烘焙，研磨成粉末，最后是黑色，视觉上有些难以接受。喝的时候将其放入特制的杯子中，加入热水后，咖啡的温度有些烫嘴，但人们不会直接咽下去，只是一小口一小口地抿，当咖啡豆的粉末沉在杯底后，将捣碎后的糖、肉桂、丁香加入，这些味道混合在一起，营养更加丰富。

《欧洲、亚洲、非洲和美洲的大多数地区制作咖啡、茶、巧克力的方法》（*The Manner of Making of Coffee, Tea and Chocolate as it is used in most parts of Europe, Asia, Africa and America*，1685）一书中描述了欧洲人在制作这种新式饮料时所表现的热情：

尽管毕达哥拉斯禁止人们食用豆子——因为豆子所开出的花上有黑色的斑点，形状令人悲伤，如死者的灵魂寄居于豆子中。尽管有人拒绝享用咖啡豆，认为它会让人感觉迟钝，带来噩梦。但咖啡豆本身却能给我们带来营养，如果有机会和人们交流，即使花费时间和精力，我也会为这种饮料打广告。

我会说，在阿拉伯，这种豆子被称为"bon"，他们用这种豆子制作咖啡，不仅阿拉伯人、埃及人享受这种饮料，英国人、法

国人、德国人也在畅饮它。

咖啡树只生长在阿拉伯半岛的沙漠地区，之后从此地传到世界各地。咖啡这种饮料可以提神、醒脑、健胃、强身、止血。

17世纪末，欧洲各大城市出现了许多咖啡店，越来越多的人开始享用咖啡，咖啡变得非常流行。阿拉伯人努力维持在咖啡交易中的垄断地位，聪明的荷兰人设法得到一批咖啡树籽苗，成功在巴达维亚（印尼首都和最大商港雅加达的旧名）种植咖啡树，并建立自己的种植园。

1714年，荷兰人将一些咖啡树籽苗赠予法国国王路易十四，在巴黎的皇家植物园进行种植。1723年，一位名叫加布里埃尔·德·克里欧（Gabriel de Clieu）的海军军官在植物园砍伐了一些咖啡树，在经历千难万险，甚至遭到海盗的袭击后，将这些咖啡树带到了马提尼克（拉丁美洲向风群岛中部法属岛屿，首府法兰西堡），10年之后，这里的咖啡树有1800万株，之后咖啡树出现在加勒比海地区和美洲大陆。

如今，巴西是生产咖啡最多的国家，咖啡豆传播至世界各地的故事也非常温暖。1727年，弗朗西斯科·德米洛·帕赫·塔（Francisco de Mello Palheta）被派遣到法属圭亚那，为巴西带回咖啡树的种子。但是，法国人并不愿意分享，并拒绝此事。据说，由于州长妻子被德米洛·帕赫·塔所吸引，并送他一大捧花，而这一大捧花里面藏着许多咖啡种子，足够种植传播了。现在巴西已成为全世界最优秀的咖啡产地。

人、地区 & 风俗习惯

澳大利亚——土著居民

1699年,海盗船长和地图绘制者威廉·丹皮尔是英国第一位登陆澳大利亚的英国人,在其《世界巡游》中记载了一些非常典型的欧洲人与当地土著交流的滑稽情景:

当我们正在打水时,走过来9~10个土著,就在我们不远的小山上,他们可能感觉受到威胁,发出了极大的噪音。最后,其中一人朝我们走了过来,其他人远远跟着他。我也向前走去,我们两人距离只有50码[1],为了表示和平与友谊,我努力使用各种手势。但是,即使我们做了几次手势后,他还是跑了。后来,为了遇到当地土著,了解他们在哪里取得淡水,下午我们3人一起到了海边。这里有10~12个土著,当他们看到我们3人时,就跟着我们。我们意识到其中一人就是早上所遇到的那个土著,我们当时本来可以追上他。他们中的一个聪明的年轻人看到我们3人之后,也直接跑掉了。我一会儿就赶上了他们。这个年轻人手持

---

[1] 1码约为0.914米,50码约为45.72米。

劈木头的短刀。我这时开始追逐他们中的另外两个。这群土著这时已经走到海边,由于我的两个同伴还没有过来,我感到有些害怕,我站到了一个高一些的沙丘上面,看到刚才那个年轻人就在附近,和那帮土著在一起。土著发现我之后,朝我扔了一支长矛,差点射中。我假装扳动枪支吓唬他们,随后我发现我们的同伴身陷危机,而我也有些危险。我感到这群土著并不害怕我手中的枪,甚至开始藐视它,他们的拍手声、喊叫声混在一起。然而这正是开枪的大好时机,我立即开枪射向其中一人,当这群土著看到有人倒下后,都惊呆了。我的同伴趁机捉住了那个受伤的土著。我的同伴开始检查刚才被矛射伤的部位,担心矛头上沾有毒药,但我认为没有。

1788年,澳大利亚正式成为英国的殖民地。1790年,惯偷乔治·巴林顿被流放至澳大利亚。航程中,他及时阻止了推翻船长的阴谋,他的见义勇为使他成为第一个被释放的犯人。更让人吃惊的是,随后,巴林顿成为帕拉玛塔市(Parramatta)的高级警员[1]。在其《新南威尔士航行录》一书中,巴林顿描述了他遇到土著的情景:

---

1 巴林顿回忆英国殖民地新南威尔士成为犯人流放地的情景:"我时间充裕,上午就能完成出勤率和检查。我经常参观当地人的农场,犯人们刑满释放后,就分得一块土地,具体财产分配如下:成年人每人30英亩,夫妻两人为50英亩,每个孩子可分得10英亩;在最初的18个月,将得到来自商店的食物和衣服,以及必要的劳动工具;在第一年提供谷子之类的种子;每个殖民者还给两只母猪仔、一对或两只鸡。"

我多次见到澳大利亚土著。刚开始，只有让他们做杂活的时候，我才见到他们，后来，我开始喜欢他们。我闲逛时也会拉上那么一两个土著一起。

男性土著身高5.6~5.9英尺[1]，身体苗条，体型结实。女性土著并不高大，都身体健壮，面容姣好。她们的肤色是黑褐色，如同炭烧咖啡。但有许多妇女是白人与黑人的混血儿，有时候，我们会遇到一些俊男靓女，但他们长着大鼻子厚嘴唇。如果看脸，他们并不迷人，甚至让人感到不适。他们不懂梳洗，除非有些食物非洗不可，才会下水清洗，否则，他们常年蓬头垢面，浑身污秽，皮肤上满是杀死动物后留下的油脂。有些男性土著穿着一片树叶弄成的短裤，或者在鼻孔中隔处穿一个孔，插入一根骨片或木条，也有的戴骨头雕刻出的鼻环，这种风俗在一地区非常流行。

一般来说，他们牙齿结实，头发短而卷曲，他们不会梳洗头发，因此，常年蓬头垢面。男性土著胡须较短，也是卷曲的，和头发长得差不多。这些男男女女甚至孩童，全部都光着身体，居无定所，就地而眠。他们通常会在海边的岩洞里面躲避风雨，睡

---

[1] 约为1.7米到1.8米。

前总要生一堆火,利用火的力量加热岩石,这样可以使洞中温度多维持一段时间,就像火炉一样温暖。他们在干草堆上挤着睡觉。

男性土著一般手持长矛,便于投掷。矛长1码,一端是平的,另一端有切口。矛的尖端用树胶粘上贝壳,树胶干后贝壳便难以脱落。使用时,手托矛的切口端将长矛稳稳托住,用食指和大拇指抓紧,以极大的力量迅速扔出去,可以达到70~80码的距离。

每次外出远征时,他们在脸上和身上都涂满红白相间的条纹,似乎要与敌人决一死战。

在辛克莱·汤姆森·邓肯的《澳大利亚之行》一书中,作者对土著的描写过于直接:

澳大利亚土著是非常特殊的阶层,他们是人类的最底层。他们的皮肤为黑铜色,长着扁鼻子厚嘴唇,眼睛凹陷,长长的黑发,小腿较短,几乎裸体……这些野蛮人过着茹毛饮血的生活,如果让他们享受现代文明,将极其困难。

太平洋地区 & 亚洲人——咀嚼槟榔

槟榔是槟榔树的果实,原产于太平洋地区、亚洲、东非等地。传统吃法是,把槟榔用带有熟石灰的槟榔叶包住,放入口中咀嚼,这样一来便极具刺激性(一些人认为槟榔叶的效果与和一杯浓咖啡相似)。

不同国家对槟榔的使用不相同。在某些地方,槟榔主要是药用。在其他国家,如马来西亚,槟榔用于款待客人。现在,槟榔在亚洲地区仍然十分流行,有种习俗就是咀嚼槟榔,使用槟榔把牙齿染成红色。

1567 年,西班牙探险家帕伦特·曼达纳(Alvaro Mendaña)到达所罗门群岛。他被认为是描述咀嚼槟榔的第一个欧洲人。在《曼达纳自述》(The Narrative of Mendaña, 1567)一书中,记载如下:

这个岛上的印第安人肤色不同,一些人肤色和秘鲁人一样,其他是黑人,有一小部分是白种人,他们深居简出,即使年轻人也是如此。所有这些人都是卷发,并将头发染色。一些人染的颜色较浅,一些较白。有些妇女长得比秘鲁的妇女好看,但是她们将自己牙齿涂黑,丑化自己……她们的舌头和嘴唇非常鲜艳,这

是吃了槟榔的结果。槟榔叶宽，燃烧后的味道像胡椒粉的味道，咀嚼裹着石灰（石灰是一种来自海里的石头，比如珊瑚）的叶子后汁液会变成红色，这也是她们舌头和嘴唇总是红色的原因。为了装饰，她们也用槟榔汁涂抹脸部。尽管她们咀嚼这些槟榔叶子，但是一般并不刻意提取槟榔汁。

爱德华·特里在《东印度群岛之航——令我印象深刻的那些事》一书中也记载了印度人咀嚼槟榔的情景：

另一种可以替代酒的东西是一种草药，这里的人们称"槟榔"，外形有点像肉豆蔻，但吃起来可不一样。吃前将石灰撒在叶子上，就可以吸取槟榔的汁液。槟榔（他们这样说，我也是这样认为）功效较多，可以坚固牙齿，消除脘腹胀痛，提神健脑。槟榔味道清新，在封闭的房间里咀嚼槟榔后，整个房间都会弥漫着一种令人愉悦的气味。

彼得·芒迪在《彼得·芒迪欧亚游记》中也记载了在印度咀嚼槟榔的事情：

我们也看到了一些种植槟榔的地方，在这里，人们吃槟榔叶。他们从树上取下槟榔叶子，一种吃法是将叶子叠起来，直接放入嘴里；另外一种吃法是在叶子上撒上熟石灰，包好后放入口中，然后开始咀嚼，嚼出汁液后慢慢咽下，没有汁液时将其吐出。如果在大街上，为了维持自己的形象，可以将槟榔叶直接吃到肚中。当你无所事事的时候，槟榔叶是消磨时间的好东西，就如同大英帝国的烟草。槟榔有益于身体健康，口感甜美，味道清新，刺激性强。对陌生人来说，离别之际赠予此物，它是分别的象征，或表示即将踏上征途。

马达加斯加岛(非洲岛国)居民

1500年,欧洲人最先发现马达加斯加岛。葡萄牙探险家第奥古·迪亚士(Diogo Dias)是非洲最大的岛屿马达加斯加岛的发现者。17世纪末,法国人才开始在马达加斯加岛东海岸建立贸易口岸。

彼得·芒迪在《彼得·芒迪欧亚游记》中记载了马达加斯加岛给他留下的印象:

圣劳伦斯,即之前的"马达加斯加岛",是迄今为止发现的最美丽的岛屿。这片圆形岛屿上的奥古斯丁湾风景宜人,物种丰富,淡水资源充沛,尤其盛产木材和各种鱼类,其品种与我们这里的并不一样。黑人分布在岛内各地,他们身强体壮,易于相处。他们的头发弄成很多小辫子,一些悬挂下来。还有一些头发直立着,上面沾满了油脂,这可能是手弄上去的。他们的武器是飞镖。通常情况下,除了在身体私处有一点遮盖,他们赤身裸体……我们用红宝石[1]和他们交换阉牛,这是我所见到的最公平的交易。马达

---

1 红宝石是一种橘红色/红色的石头。由于其坚硬的材质,古埃及人、希腊人、罗马人将其用作图章戒指,认为极其宝贵。

加斯加岛的居民认为红宝石是最为珍贵的东西，有时候也用金子或者金戒指与他们交换，他们并不是总收红宝石，有些人并不了解其中的价值。因此，7~8颗宝石就可以换到7头牛，而在英国，1头牛可以换3颗或者4颗宝石。

印度——对待动物的态度

真正吸引旅行者的不仅仅是奇珍异兽，山珍海味。有时候，文化的差异性更让人叹为观止。爱德华·特里在《东印度群岛之航——令我印象深刻的那些事》一书中写，印度人对待动物感到惊讶：

印度人不仅不伤害动物（他们通过各种方法帮助动物），反而极尽所能的保护这些"低等动物"。因此，正如我之前所说，他们在牛身上投以巨资（原因稍后告知），即使我们英国人对苍蝇（数量太多）大开杀戒，毫不留情，印度人对其也无动于衷。而如果人们不给予这些可怜的动物生存的权利，印度人甚至可能会给它们资金，或者用其他方式让这些生物免受虐待（正如他们所认为的那样）。

对于印度人来说（我认为是很大一部分人），他们不会剥夺任何无辜的生命，无论是卑微渺小之物，还是生禽猛兽，尽管这些野兽生性残忍凶恶，会危及人的生命。他们会说，伤人是它们的本性，人们没有办法。上帝允许人努力避开这些生物，但没有赋予人消灭它们的权力。

北美土著

最近几年,欧洲人如果移民美国需要经过大量审查,但是最新证据发现,维京人早在几百年前就登陆美洲大陆,而克里斯在弗·哥伦布在1492年才进入美洲大陆。

从1600年,欧洲人就开始探索和奴役北美地区,不可避免地遇到了许多土著部落。

《北美洲和南美洲历史》一书对美洲土著做了如下描述，以此思考当代欧洲人的行为颇有意思：

美洲人个子较高，与其他种族相比，其胳膊非常直。他们的身体强壮魁梧，耐力持久。美洲人相貌平平，头发长而稀少，无胡须。由于常年食用熊脂和使用染料，他们的肤色是红棕色，我对此极为羡慕。

美洲印第安人表情严肃，即使发生诸如离别之事，悲伤之情也难显露于面部；他们敏锐机警；尊敬老人；遇事沉稳不惊，总是三思而后行；礼貌待人；对于活泼好动的欧洲人极为藐视，因为欧洲人常常打断别人；在公共场合，他们谦让有礼，行为举止文明。他们会根据年龄，或者对部落的贡献按资排辈，大家轮流讲话，轮到某人讲话时，其他人不会发一点声音，所有人只是安静地听讲。

澳大利亚——回旋镖

使用回旋镖或者投掷棍子已经成为澳大利亚土著的象征。人们认为：由于澳大利亚土著在狩猎时未使用弓箭，所以只能选择较为先进的回旋镖。

考古证据显示，早在石器时代的欧洲，不能返回的回旋镖已经存在，在古埃及和一些美洲土著部落中，回旋镖已经开始使用。J. K. 亚瑟在《袋鼠和贝壳杉》书中记载了他在澳大利亚所见到的回旋镖：

澳大利亚土著，即使是年轻人，也非常擅于使用各式各样的回旋镖，他们的脚与常人的手一样灵活，投掷石头可以精确地打击目标。土著随便从树上取一小段树枝，使树枝略弯，就可以打到其他人，即使他站在树后。这种即兴使用的东西称"回旋镖"或"回飞棒"。在英国，人们使用的回旋镖比澳大利亚土著的更弯曲，同样也是木制的，一端较平，另一端是圆形。土著经常使用回旋镖，而且非常娴熟。水平投掷，胳膊向后时即可将回旋镖投出。回旋镖经过运动，最后回到投掷者手中。如果使用熟练，投掷者可以往任何方向发射。

印度——穿衣风格

意大利探险家彼得罗·德拉·维尔在《波斯之行》对17世纪印度的穿衣风格做了有趣的描述：

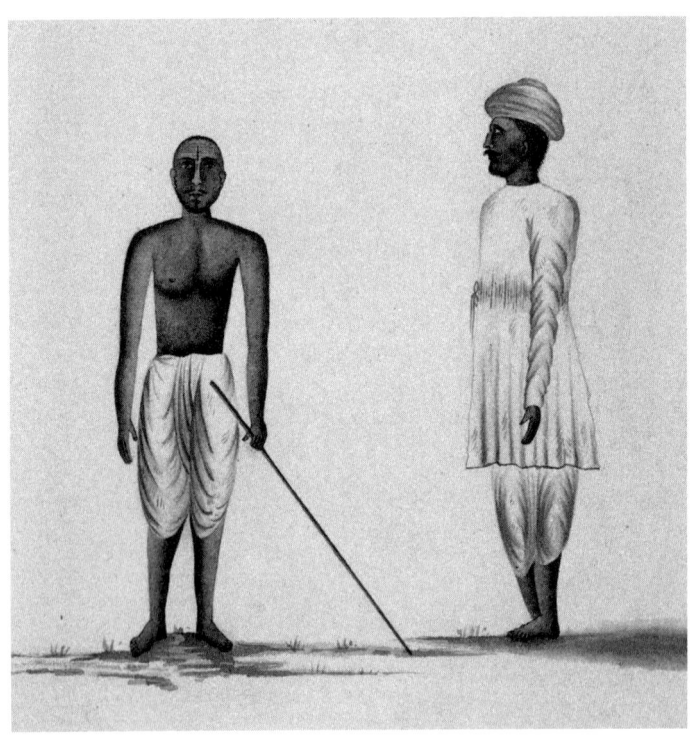

此情此景，我难以忘却。大多数印度男人是伊斯兰教徒和非基督教徒，认可斯特拉博（古希腊地理学家）的论断，他们穿着老旧内衣，不同等级的人衣服质量也有所差别。为了方便，内衣还加上棉花（在印度没有亚麻布），相比我们国家，其内衣质量非常不错。印度人所穿的长袍，腰部以上可以作为外套和裙子两用，腰部以下有许多皱褶。除了长袍，他们还穿着相同材质的内衣，可以遮蔽大腿、双脚。这种内衣在腿上的部分也有很多皱褶，裸脚上穿有拖鞋，这样不需要借助手就可以轻松脱下。印度人的这种穿衣风格是考虑到了当地炎热的天气，非常流行，即使在家中人们也这么穿。

巴布亚新几内亚——第一印象

16世纪,西班牙探险家最早发现巴布亚新几内亚。直到19世纪,欧洲人占领此地,那里大多数地方都没有开发,只是建立了一些定居点。

托马斯·福勒斯特船长是一位英国的探险家,在英国东印度公司工作,1774年,他登陆新几内亚,在其《新几内亚的旅行》记载了他所遇到的情况:

两名新几内亚男人登上我们的船,在远处与我们的翻译谈了很长时间,他们感到满意,认为我们是他们的朋友,然后快速地走到海边,我想,他们急于把这个消息告诉同伴。很快,一群新几内亚人来到我们的船上,他们长得差不多,头发剃掉一部分,剩下的大约有3英尺长,至少也有2.5英尺。他们将这些头发用梳子卡住,盘起,用4~5颗长长的兽牙梳头,从头上垂直往下梳,这种设计让发型感觉很笨重。有时候,他们用羽毛装饰头发。

福勒斯特还描述了在那里品尝食物的情景：

巴布亚新几内亚土著通过小船给我们提供了大量新鲜的鱼类和龟，而穆斯林民族不吃这些海鲜，他们吃鸡蛋。巴布亚新几内亚土著通过特殊的方法食用龟类，他们将蛋黄填入龟的内脏中，填完后，呈翻转螺旋状，然后开始小火慢烤，吃起来味道就像腊肠一样。

英国水手的悲惨故事

一些欧洲水手对殖民地土著的态度和做法,现代人看来是难以接受的。但是,下面的证据表明,当时一些旅行者被同行者欺凌甚至冒犯的事情也时有发生。

法国旅行家约翰·莫奎特在1617的书中详细描述了这个悲惨的故事[1]。之后,英文版《非洲、亚洲、美洲、东西印度群岛及叙利亚耶路撒冷等圣地旅行记航海札记》一书又将其记载如下:

我们的小号手向我炫耀他过去的辉煌,之前他在一艘英国舰艇上工作,他所在的舰艇曾经到达西印度群岛的 St. John de Love(印度人去墨西哥的第一站,之后被西班牙人占领,然后是其盟友),风暴突然降临,船员四下逃窜,除了这位小号手,所有船员都走失了,这位小号手凭借一个小指南针游到岸边,他还心存一丝希望,认为自己可以回到纽芬兰岛(加拿大东部岛)。然而上岸后,他遇到一位印度妇女,并为之倾倒。这位小号手通过比画

---

[1] 据说这个故事最早是理查德·利贡(Richard Ligon)在1657年的监狱中所写的,之后理查德·斯蒂尔(Richard Steele)在1711年《观察者》(*The Spectator*)中创造了 Yarico 和 Inkle 等人物,不久之后故事在歌剧中出现。

手势，向印度妇女许下誓言，答应与她结婚。这位妇女信以为真，带着小号手穿过沙漠，来到她所在的部落，她盛情款待他，并向部落里的人们解释，说小号手是其丈夫。两三年后，小号手依然希望离开这里，为了回到超过 800 人的家乡，小号手和其妻子依靠指南针回到纽芬兰岛（加拿大东部岛），这时他们已经有一个孩子。小号手发现一艘英国船正在打渔，他对自己逃离了印第安部落感到高兴，并开始吹嘘自己曾经的冒险经历，但以同行赤身裸体的妇女为耻。最后这位小号手把印第安妇女丢弃在陆地上，不管其死活。而这位印第安妇女为了所爱之人，抛弃了自己的部落和亲朋好友，历经千辛万苦找到了小号手。如果没有这位印第安妇女，小号手可能早已命归黄泉。想到这些，印第安妇女悲痛万分，将孩子撕成两半，一半扔进海中——这是属于小号手的，她带着另一半继续前行，希望得到命运的眷顾。

小号手所在船上的渔民看到这令人毛骨悚然的场面，质问小号手为什么抛弃那位妇女，小号手撒谎说，那位妇女只是个奴隶，他根本不认识她。小号手的做法令人发指，毫无人性。听到小号手所说这些，我几乎无法直视他，想起来时也带着恐惧与厌恶。

印度——吸食烟草

一般来说，美洲土著吸食烟草，通常是宗教仪式的一部分。意大利航海家于1492年首次在美洲大陆上发现烟草。1520年，西班牙从欧洲进口烟草，此后，吸食烟草变得流行起来，许多人认为烟草具有药用价值，烟草从西班牙传到了世界各地。

爱德华·特里在《东印度群岛之航——令我印象深刻的那些事》记载了印度人吸食烟草的情景：

印度人种植了大量烟草，他们也吸食大量烟草，但烟草的吸食方法与我们的完全不一样。首先，他们使用一个长颈小土罐子，形状和我们所见到的花盆类似，先把罐子盛水，没过过滤管即可，水位不要太高；把整个罐子上部套上一根细小的过滤管后插入罐子拧紧；在罐子上面套上碟，再套上烟槽，即可放入烟丝，让烟丝成为蓬松状态，把烧好的木炭放在扎好孔的锡纸上面，插上抽烟管，就可以开始吸了，烟雾经过过滤，印度人认为这种方法更舒服，有益健康。虽然印度烟草的质量远超世界上其他地方，但是印度人不知道如何利用这些烟草，西印度人通过烟草变得富有和强大。

菲律宾——人

1521年,西班牙航海家斐迪南·麦哲伦(Ferdinand Magellan)首次发现菲律宾,之后菲律宾成为西班牙非常重要的殖民地。《1595年至1606年佩德罗·费尔南德斯·德·基罗斯之旅》一书中记载了葡萄牙航海家对于菲律宾岛民的印象:

菲律宾人肤色深棕,个子不高,有文身。他们不留胡子,头发黑而长。他们腰部裹着衣服。村里的人也穿着相同材质的束腰外衣,这种衣服没有颜色,一直垂到小腿。菲律宾人耳朵戴着大金耳环、象牙环,腿上也戴这些东西,有些人受到欺骗,戴一些镀金的铜器。这些菲律宾土著比较吝啬,没有银制品或类似有价值的东西,他们便不与别人进行交换。

有些土著在早上或者晚上来到我们这里,带着自家所生产的一些东西和我们交换,这样,下次14天航行的补给又有了。

日本——下水捕鱼

约翰·萨里斯是第一位到达日本的英国船长。约翰·萨里斯去日本是为了从事文物贸易,他在日本与德川秀忠(Tokugawa Hidetad)结友,因此收集了很多日本文物[1],在《约翰·萨里斯在日本的旅行》中,记载了传统日本捕鱼的技术:

沿河而下,一直到大阪,一路都可以看到女潜水员,这些潜水员与自己的丈夫就住在船上,就像荷兰人一样。这些女潜水员下海捕鱼,并不需要渔网之类的工具,她们可以下潜8英寻,眼睛变得血红,这就是她们与众不同的地方。

---

[1] 如今,在英国伦敦塔,依然可以看到约翰·萨里斯从日本带回的精美绝伦的武士盔甲。但是,并不是约翰所带回的所有纪念品都得到了人们的赏识,日本色情油画《春宫图》就被东印度公司没收并销毁。

塔希提岛——人们

《库克船长的第一次和第二次太平洋航行》中对塔希提岛人的印象如下:

关于塔希提岛人,他们的体型比欧洲人大,男性高大雄壮。相比我们的普通妇女,塔希提岛的女性面容姣好,但个子较低,其中一些女性非常矮。

她们的肤色是棕色——我们称其为浅黑肤色的女人,皮肤光滑柔软;脸庞俊俏,眼睛水灵,牙齿洁白整齐,口气清新。

《1595年至1606年佩德罗·费尔南德斯·德·基罗斯之旅》一书中记载了一些水手在岛上遇到塔希提岛土著的有趣情景:

当水手们下船后,他们看到不远处有一个男人,走近才发现是个老年妇女,看样子已有100岁,体型高大,一头又长又黑的头发,夹杂着几根白发,皮肤棕色,满脸皱纹,牙齿只剩下几颗,模样沧桑像历经了生活的磨难。她缓缓向我们走来,摇着棕榈叶做的扇子,将晒好的墨鱼片放到篮子里,她带着用贝壳做的刀子

和一捆线,身后有一只小斑点狗跟着她。

水手们和这位老妇人一起来到船上,船长看到后非常高兴,经过多日的航行终于见到人了。船长坐在一个箱子上,递给她肉和汤,这位老妇人不假思索就吃上了,她吃不了硬的饼干,但表示她能喝酒。给她一面镜子后,她前前后后端详了一阵,看到自己的脸庞后流露出高兴的神情。我们所有人都感到她行为举止大方得体,心想她年轻时一定是个美人胚子。老妇人环顾众人,特意向男孩们示好。她似乎之前没有见到过山羊。她的手上戴着一个镶着绿宝石的金戒指,我们向她索要,她表示哪怕砍掉她的手指也不会给,并对此表示歉意。

她给了我们一件她不喜欢的铜器饰品。与这位老妇人交换东西后,我们看到来自村里的4艘独木舟扬帆航行,驶出这片小湖,湖中还有个小岛,船停靠在了棕榈林。为了打消当地土著的疑虑,船长马上让这位老妇人回到岸上,那群土著也仔细打量那位老妇,看她是否离开了很长时间。他们和我们以朋友相称,非常自信。

中国——前途不可估量

中世纪以来,欧洲各国已经广为人知,但对于大多数欧洲民众来说,中国依然是一个谜一样的国家。1300年,虽然马可·波罗在其作品中首次记载了中国,但直到16世纪,欧洲人才在中国建立了贸易点。

1788年,托马斯·赫伯特在《1788年新南威尔士至广州之航行》中,这样描写中国:

沿着广州的河,溯流而上,看到一片欣欣向荣的景象。首先看到的是平坦的风景,稻田星罗棋布。再往前走,就可以看到群山凸起,梯田层层叠叠,甘蔗树、山药、香蕉树、木棉树随处可见。放眼望去,高塔和小镇数不胜数。

印度——花

爱德华·特里在《东印度群岛之航——令我印象深刻的那些事》中对印度的花有如下描写：

说到花，通常印度人对花的喜爱止于绘画上的，虽然色彩丰富，但只能取悦眼睛，无法闻见香味。除了玫瑰，大多数花也都有一些香味，但只有一种白色花——类似西班牙茉莉（也可能不一样）——独秀一枝。这种花也可以用于制作最好最甜的蜜，其味道令人愉悦，也可以作为香料加到食物里。

意大利探险家彼得罗·德拉·维尔在《高贵的罗马人在东印度和阿拉伯沙漠之行》(*The Travels of Sing. Pietro della Valle, a Noble Roman in East-India and Arabia Deserta*，1665)一书的家信中，这样描述印度的花：

在印度果阿邦，我见到了白桂皮，也可能是高大的肉桂树，我以前以为肉桂生长在灌木丛中。它的叶子吃起来也是肉桂味的。由于易于咀嚼，我还在包里放了一些，在意大利可以卖弄一下。有些树所开的花味道很大，早上开花晚上凋谢，我之前在居住的地方有所观察。这种花非常像加泰罗尼亚（西班牙东北地方）的茉莉，白桂皮花是黄色，可以替代藏红花，村民们将其放入肉里提味。也用在其他方面。据我所知，湖里还有其他两种白花，一种非常好看，另一种较小，花蕊是黄色，花枝上没有绿叶，白色的叶子又厚又长，其花长有长而直的叶子，美丽芳香，叶子浮于水面上时，全部展开，形状就像葫芦一样。这些花有个特点，在夜晚花朵紧闭，白天才盛开，但是味道非常香。传说梵天（印度教主神之一）生于此花，最后又化作此花，在花中修炼万年之久。这是多么有趣的故事，我将这故事送给你同时亲吻你的双手。

日本——惩罚

对于旅行者,并不是所有的文化体验都是鼓舞人心的,相反,有一些体验令人胆战心惊。约翰·萨里斯在《约翰·萨里斯在日本的旅行》一书中,记录了所看到的,犯人的凄惨命运:

在我们所途经的每个小镇,每个十字路口都横七竖八地堆放着一些尸体,这些人是被钉死在十字架上的,当地对大多数犯人都采取这种处罚方式。在帝国法院前,我们看到了绞刑架和许多尸体,有些已经身首异处,有些尸身完好,他们是被武士刀所斩首的,街头的尸体随处可见,而要进入帝国法院,还必须从尸体上面跨过,这真是令人不寒而栗。

北非——友善的阿拉伯人

《阿尔及尔土耳其人俘虏的英国商人T.S.先生历险记》一书中,作者描述了他在北非的情况:

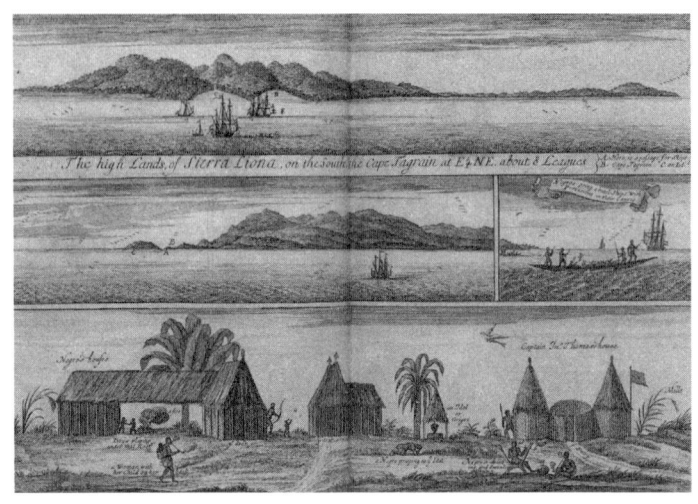

我看到的阿拉伯人都非常友好,我们认为这是在一个充满荣耀的国度。这里被认为是小欧洲,这里没有野蛮和杀戮,而我只是不懂他们的语言而已。

非洲的阿拉伯人友善、彬彬有礼,但在征服他人之后,就变得飞扬跋扈。对于陌生人,他们热情友好、慷慨大方。

塞拉利昂——富饶之地

塞拉利昂位于非洲西海岸。其海边风高浪急,弗里敦(塞拉利昂的首都)作为此地区的贸易港口,成为西非地区的咽喉要道。15世纪,葡萄牙殖民主义者侵入塞拉利昂。

荷兰探险家约翰·斯特鲁斯在《约翰·斯特鲁斯探险之行》中记载了塞拉利昂的情况:

塞拉利昂水资源丰富,是水果之都。盛产黍类,还有橘子、柠檬、香蕉、可可、野葡萄、甘蔗、胡椒等。除了水果,木材资源和染料也非常丰富。

大多数当地人是黑种人,也有一些肤色是黄褐色。他们的身上有很多地方都有热铁烙过的印记。他们的耳朵、鼻子都佩戴珠宝,其中不乏珍贵之物。这里的男女都几近赤裸,只在身体正中裹一条腰带或者树皮。在内陆地区,也有食人族出现,非常野蛮。但沿海地区的人们比较开化,他们常与欧洲人,甚至陌生人进行贸易往来。

日本人

1542年，葡萄牙探险家费尔南·门德斯·平托是第一个登陆日本的欧洲人。之后，许多基督传教士也到了日本。传统意义上，日本文化相对封闭，狂热的福音传道者并没有受到日本人的欢迎，反而被视为一种入侵。因此在1633年，幕府将军开始采取"锁国政策"，这意味着外国人不容许进入日本，日本人也不容许离开本国，一直到1853年，此政策才取消。

但是，"锁国政策"没有阻止所有贸易，位于长崎出岛港口的荷兰东印度公司，是唯一可以进行外国贸易的公司。这也说明欧洲人还是可以通过商贸获取利润，但是，日本风土人情和文化依然不为欧洲人所知。

在此期间，只有几个人可以进入日本，荷兰人约翰·斯特鲁斯是其中之一。在《约翰·斯特鲁斯探险之行》一书中，他这样描述日本的情况：

> 日本人面容姣好，肤色比欧洲人略黑。男女所穿服装相差不大。一般来说，他们都穿和服，腰部系着一根带子。倾国倾城的女子，则穿镶嵌着金银珠宝的和服。妇女的头发梳洗得很整齐，也使用带有珠宝的装饰品。男性身体强健，风度优雅。头部略大，与身体不成比例。
>
> 女性苗条多姿，五官标致。她们通常穿着宽松的和服，木屐，走起路来迈着小碎步，发出咯嗒声，日本人认为这才是美。所以，女性长大后，足部看起来依然是5~6岁的样子[1]。

---

[1] 日本女子小脚的习俗可能来自中国的裹足。斯特鲁斯可能是在中国听说此事，猜此习俗传到了日本。

北极——生机盎然

北极地区气候严寒且充满危险，前往此地探险困难重重。15世纪末，约翰·卡伯特（John Cabot）开始寻找从大西洋和北极地区到达太平洋地区的路线，也称"西北航道"（位于北美大陆和北极群岛之间）。然而，北极地区被厚厚的冰层封住，这位早期探险家只能在加拿大的纽芬兰饮恨止步。

到了19世纪，先进的科技使得船只更为坚固，人们便再度展开了寻找西北航道的计划。当时许多人都想成为首位抵达北极的探险家，竞争激烈，这更让民众对于未知的北极充满幻想。

莱斯利教授、詹姆森教授与休·默里的《极地海域和地区的发现与冒险》一书记载了他们对北极自然景观的想象，内容精彩迷人：

每回想到北方，总觉得那是不毛之地，荒凉晦暗、寒风刺骨，不适合生物生存，对维系生命极为不利。我们原本以为北极的动物应该很稀少，就算有也只是小型动物，而且只有发育不良的矮小生物会散落于北极的寂寥海岸。我们甚至认为，任何活物若想

踏进这片荒芜之地，应该会先昏厥而后死亡。然而，北极地区蕴含的生命力远超人类想象，它富含无穷的资源。大自然让此地的裸露岩石与严寒冰洋孕育了各种生命，都是热带和煦暖阳下罕见的活物。

挪威极地探险家罗尔德·阿蒙森（Roald Amundsen）在 1906 年成了首位穿越西北航道的人。美国极地探险家罗伯特·皮里（Robert Peary）则称在 1909 年成功抵达北极，但现代的专家认为，皮里的记录自相矛盾，可从中判断他没有到达地理上真正的北极点。因此，史上第一位抵达北极点的探险家，应该是 1926 年的罗尔德·阿蒙森。

巴拿马——遍布丛林

E. H. S.（1850）的《南美的6周》（*Six Weeks in South America*）是一本相对现代的书。书中记载了一些探险家在南美的情况，内容引人入胜。相比其他早期的探险家，作者对自己的经历相当自豪，认为可圈可点。

泥泞的河岸就像煮沸后的水壶，包罗万象，热闹非凡，这种环境令人身心裨益。丛林中数以千计的青蛙在呱呱叫，鳄鱼半潜在淤泥中等待送上门的猎物；无数颜色艳丽的鸟儿和昆虫有些在树枝上盘旋打闹，有些安静地栖息于花丛之中。有一种巨蝶，两翼之间宽5英寸。肉眼所见是深蓝色，其颜色如同画家所画，非常逼真。这种蓝色蝴蝶的背部是灰色，几乎没有颜色。从远处看，其颜色不断变幻，神秘莫测。

至于昆虫，在旅途中，如果没有各种不知名的虫蚁的叮咬，旅行者就心满意足了。但是实际上这里红跳蚤、扁虱、蚊子层出不穷，旅行者只能屈服于它们，奈何不了它们。野外探险的乐趣远远不止这些，更令人害怕的是遇到蜈蚣、狼蛛等毒虫。我常常试着进入丛林，但是没走几步，丛林里温度炎热，衣服也被树枝撕开，我不得不原路返回。在此，我不得不佩服早期的探险家，在没有向导、路线也不熟悉、食物缺乏的条件下，他们凭借自己的耐力，面对印第安部落的袭击，历经千难万险，最终找到了新大陆，他们的名字与这些地方都流芳百世。

俄罗斯——鞑靼人

鞑靼人是居住于蒙古和现在俄罗斯的突厥族。约翰·史密斯船长在《约翰·史密斯在欧亚非和美洲的旅行、冒险和见闻》中对鞑靼人的描述如下:

有些优秀的鞑靼人十分注重外表,普通鞑靼人会将一整张羊皮背在身上,羊的两只脚捆在一起置于他的脖子前,另外两只脚捆在一起置于腹部。鞑靼人习惯于穿马裤,头上戴着略宽大的黑色帽子,他们喜欢这种感觉。睡觉时使用毛毯铺于地上,盖着外套。

尽管鞑靼人的土地肥沃,但他们很少在上面种植农作物,然而他们不缺牛奶与面包。他们的土地盛产葡萄,自己可以酿酒,饲养牲畜与鱼类。他们喝黍粟糊,在里面加牛奶和水。

印度——杂技演员

彼得·芒迪对印度的杂技表演印象深刻，并大加赞扬。在《彼得·芒迪欧亚游记》一书中这样记载：

夜幕到来，男人们开始跳舞，翻筋斗，玩各种杂技。有人将一根3码的长杆放在头部，拖稳后，一个小男孩从杆子上爬到顶端，一只脚站在上面。更多的时候是这样：小男孩站在男子的头上后，将长杆再次放于头上，但不使用双手。

我看到的另外一种杂技是一个男子盘腿坐在地上，然后弯曲整个身体，把腿往上高举过头然后绕一个圈，但没有接触到地面，他的腿一直保持相同的姿势。看到这些杂技，我深感疑惑。

日本——大阪

约翰·萨里斯是首位到达日本的英国船长。在《约翰·萨里斯在日本的旅行》一书中对日本大阪做了如下描述：

我们看到的大阪是一个热闹的镇子，城墙林立，跟伦敦差不多。木桥很多，就像连接泰晤士河到伦敦一样，发挥着非常重要的作用。我们还看到了一些木屋，但不多。作为日本非常重要的港口，大阪面积广阔，建有城堡，深深的战壕、高大的吊桥随处可见。城堡[1]不使用石头，建有壁垒和垛口，设置瞭望口，可用于弓弩射击，还可以向敌人投掷石头。城墙至少6~7码厚，正如他们所告诉我的，城墙不使用石头。而那些质量非常好的石头，被切割成块，用来填补空缺，而且大小适合，这确实令人震惊。

---

1 大阪城堡建于1583年，1597年建成，在萨里斯到达前15年完工。现在，经过多次修复，大阪城依然保存完好。

蒙古——住所

公元 12-13 世纪，成吉思汗统一蒙古各游牧民族，建立了横跨欧亚大陆的蒙古帝国，称霸历史数百年。1253 年，来自佛兰德的威廉·卢布鲁克以传教士的身份进入蒙古，他也是第一个进入内蒙的欧洲人。

在 3 年时间中，他记载了自己的所见所闻，其《卢布鲁克东行记》记录了蒙古人的生活方式：

蒙古人没有固定的住处，也不知道下次将住在哪里。他们把粟特划分为许多牧区，粟特是一片辽阔的地区，自多瑙河向东伸展，直至日出之处。每一个首领，根据他管辖区人数的多少，知道他牧场的界线，并知道在春、夏、秋、冬四季到哪里去放牧他的牛羊。在冬季，他们来到南方较温暖的地区，在夏季，他们到北方较寒冷的地方去。冬季，他们把牛羊赶到没有水的地方去放牧，这时那里有雪，雪就可以供给他们水了。他们睡在帐篷里，帐篷是以棍子做成的圆形骨架为基础搭建的，这些棍棒在顶端汇合成一个小圆圈，从这个小圆圈向上伸出一个像烟囱一样的东西。他们用白毛毡覆盖在骨架上面，并常常在毛毡上面涂以石灰或白粘土和骨粉，使之更白，有的时候他们也把毛毡涂黑。覆盖在烟囱周围的毛毡，他们用各种美丽的图案装饰。在门口，也会悬挂绣着多彩图案的毛毡；他们把着色的毛毡缝在其他毛毡上，制成葡萄藤、树、鸟、兽等各种图案。

他们把帐篷做得如此之大，有时可达 30 英尺宽。因为我有一次量了一辆车在地上留下的两道轮迹之间的宽度，为 20 英尺。帐幕放在车上时，两边伸出车轮之外至少各有 5 英尺。我曾经数过，用 22 匹牛拉一座帐幕，总共排成两横排。车轴之大，犹如一条船的桅杆。在车上，一个人站在帐幕门口，赶着这些牛。他们用细长的劈开的树枝编成如大保险箱般的正方形物件；然后在它上面，用同样的树枝编一个圆顶；在前面做一个小门。做成以后，他们用在牛油或羊奶里浸过的黑毛毡覆在这个箱子上面，以便防雨。在黑毛毡上，同样饰以多种颜色的图案。他们把所有寝具和贵重物品都收藏在这些箱子里，把它们捆绑在高车上，用骆驼拉车，以便能够渡河而不至于弄湿。

这些箱子从来不从车上搬下来。当他们把帐幕安置在地上时，他们总是把门朝向南方，然后将装着箱子的车子排列在两边，距离帐幕半掷石之远，因此帐幕坐落在两排车子之间，仿佛坐落在两道墙之间一样。

牙买加——炙热

约翰·莫奎特在《在西印度群岛的短暂旅途中所见奇人异事》一书中,描述了牙买加的炎热天气,作者本人感到大汗淋漓:

我正在牙买加写作……这里太热了。哦,请马上给我来一杯蓝莓冰水!我即将融化,浑身冒汗,热气进入了我的每个毛孔。7点,太阳刚升起才半小时,就已经热到极致。空气中没有一丝凉意,热得令人窒息,动不动就汗流满面。

锡兰（斯里兰卡）——人

1505 年，葡萄牙人是最早进入斯里兰卡的欧洲人，他们建立了一些贸易站点。1638 年，荷兰签署协议，垄断了此地区的所有贸易。1802 年，荷兰优势不在，斯里兰卡成为英国的直辖殖民地。

弗朗索瓦·瓦伦汀对锡兰（现在的斯里兰卡）的食物描述如下：

作为锡兰的土著居民，锡兰人是此地区最古老的民族，他们不完全是黑人，有些肤色是棕黄色，耳朵长而宽大，身材瘦小，但心灵手巧，善于制作各种精美的东西。他们吃苦耐劳，为了生活，总是披星戴月地干活。

他们性格非常友好，习惯使用自己的语言。有时候，他们非常自负，如果家人没有为其准备食物，他们宁愿忍饥挨饿，甚至不会与其结婚。对锡兰人来说，说谎不是罪恶，也不需要感到羞耻，这是天经地义的事情。如果真的遇到有人撒谎，他们也无所谓。

一般来说，锡兰人与瑞士人一样，留着一头长而光滑的头发，浓密的胡子：

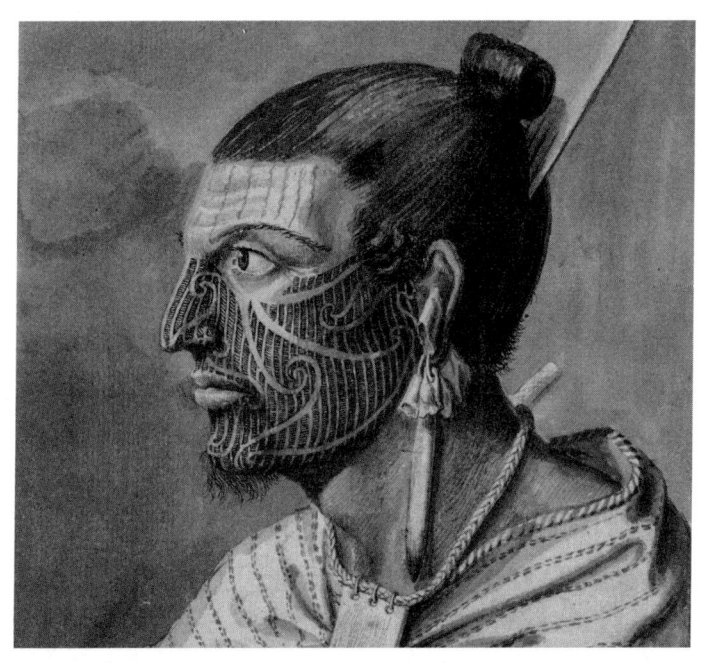

他们穿着带褶皱的夹克或者绵卡巴雅，锡兰人将这些衣服围在腰上，盖住腿部，垂至脚部。头上戴着红帽子或者其他东西。耳朵上戴着金耳环或者宝石，他们还随身携带把子上镶嵌金、银和象牙的匕首。

妇女们穿着带有蓝色或者红色花朵的白色旧裙子。根据社会地位的不同，裙子可能垂到膝盖或者膝盖以下的程度也不尽相同。锡兰妇女的最大区别就在于此。她们也穿金戴银，胳膊、手指、耳朵等部位都佩戴饰物。

太平洋岛屿——文身

在世界各地的考古记录中,文身普遍流行,但是说起太平洋岛国,就不能不谈及文身。中国、印度、埃及、日本、南美,甚至欧洲[1]都可以找到文身的证据,主要是通过木乃伊。

在欧洲,文身就是异教徒信仰的标志。因此,部分基督教所带有的传统文身受到压制。库克船长在塔希提岛看到了文身的人们,《库克船长的第一次和第二次太平洋航行》中记载:

文身时他们使用的工具是由骨头削制而成的,呈短牙状。蘸上坚果(替代蜡烛)燃烧后余留的油烟,黑蓝或黑色的汁液,将其刺入身体。上述过程称之为"本土文身法",操作时会让人感到非常疼痛,皮肤上的颜色不可祛除,会持续10~12年。但是最难忍受的是在臀部和腰部的文身,他们会将弓文于此处,在后背再刻一支,看起来两相呼应。

---

1 生于公元前4000年的冰人"奥兹"在阿尔卑斯山发现,其身上找到多处文身。

F. W. 比奇船长（F. W. Beechey）在《太平洋和白令海峡之行的自述》(*Narrative of a Voyage to the Pacific and Beerings Strait*, 1831) 记载了复活岛上文身的习俗：

文身或者针刺这种习俗在这里盛行，特别是女性，她们模仿蓝色马裤进行文身[1]：毫无疑问，有些游客在过河时候常常将其马裤挽起来。这种文身在很近的距离可以迷惑他人，因为人们看到文身者从腰部到膝盖都是一些蓝色线条。

---

[1] 这里过分夸大了国外游客对复活岛当地文身习俗的影响。事实上，当地的习俗只是在文身者腿部文一些细线条而已，这样，欧洲人从远处看，就像文身者穿着裤子一样。

好望角居民

《托马斯·罗大使大莫卧儿王国之行》(*The Embassy of Sir Thomas Roe to the Court of the Great Mogul*, 1615-1619）记载了托马斯·罗遇到好望角当地军民的情景，他对这里的人非常鄙视：

这个岛上住着 500~600 个人，最难以让人相信的是当地居民竟然吃着腐尸，在脖子上围着羊肠，用动物的粪便涂抹头部。肩上除了动物皮毛之外，别无他物，这些与皮肤相接触的皮毛可以起到保暖的作用，而多毛的那一块却是凉爽的。

中国——物产丰饶

在大航海时代,旅行的目的是寻找新的贸易路线,发现新的商品。在《弗雷·塞巴斯蒂安·曼里克的旅行》一书中提到西班牙进口了大量商品,350年后的现在,我们看起来仍有些不可思议:

葡萄牙人所进口的主要商品是大量加工好的丝绸,包括锦缎、凸花厚缎、天鹅绒、塔夫绸、平纹细布等,这些来自中国的丝绸最早出口到印度南部,除了黑色,其他都是五颜六色的,中国人认为黑色不吉利,只有一些僧人为了表达脱离世俗时才会穿黑色的衣服。葡萄牙人还大量进口质量上好的瓷器,家具如床架、桌子、盒子、床头柜、写字台,以及大量的古董古玩。还有一些欧洲风格的珠宝项链等,对于地大物博,人口众多的中国来说,最不缺的就是廉价的劳动力,而这些经过能工巧匠精心打造的珍宝自然也很廉价。

蒙古国——占卜

威廉·卢布鲁克在《卢布鲁克东行记》中详细描述了蒙古人预测未来的方法：

当我们进入大厅时，一个仆人拿着一些羊肩胛骨进来了，他将这些骨头烧成灰。我非常不理解他的行为。之后我向他询问此事，才知道他在利用这些骨头问卜。占卜之前，不允许任何人进入他的住所。占卜过程如下：占卜师想做某事时，再次拿出3块没有烧过的骨头，把其中的一块握在手中，开始向这块骨头问卜，之后让仆人将其烧掉，占卜师开始检查骨头的烧毁情况，看是否完整，并确认断裂后所呈现的状态。如果这些骨头呈现交叉状态，此事可做；而如果是圆形，此事不吉利。每次问卜之前，都必须火烧羊骨，这样骨头必然有裂纹产生，如果说烧的3块骨头没有裂纹，占卜师还将寻找一个满意的结果。

孟加拉国人民

现在,地球村的人着装都相对简单,只在一些特殊场合才穿戴正式的服装。这与17世纪的亚洲情况完全相反,当西班牙的弗雷·塞巴斯蒂安·曼里克在亚洲旅行时,发现这里的人们在服装、装饰、潮流方面丰富多彩。在《弗雷·塞巴斯蒂安·曼里克的旅行》一书中对孟加拉国人民的服饰描述如下:

孟加拉国本地人喜欢穿偏深色的衣服,许多人甚至穿着全黑的衣服,有点像塞朗棉毛交织平布。这种衣服设计有型,长短合适,符合所有人的穿衣风格。而平常百姓不论男女,都穿棉质衣服,这种衣服做工粗糙,也不缝制。男性的衣服有6~7手掌宽,衣服只是覆盖腰部以下,上身裸露,脚上也不穿鞋。他们戴的头巾,有12~14个手掌长,2手掌宽。妇女也戴着这种帽子,但是质量较男帽的好一些,女性需要把胳膊也遮住,所以,衣服通常是18~20个手掌长,这样可以完全遮住全身。妇女们胳膊上戴着手镯,尺寸和样式不太相同,这些手镯给人耳目一新的感觉。孟加拉国人还在鼻孔上佩戴饰品,特别是在左鼻孔,有钱人会戴金的或银的,还有人在饰品上镶嵌1~2颗珍珠。

早期欧洲探险家对其他国家的文明一般持赞美的态度，下面，曼里克似乎要尝试证明殖民主义和奴隶制度的合法性：

孟加拉国人萎靡不振，优柔寡断，就像大多数亚洲人一样，自私自利，心胸狭窄，乐于为上级服务。因此，他们更容易被奴役，只有粗野地对待他们，才能得到更好的服务。他们经常这样说："Mare Tacur, na mare Cucur"，翻译过来就是，只有受到严厉惩罚的人才是上帝，未受惩罚的是坏蛋。听到这些话，读者应该可以感受到孟加拉国人的性格。

爪哇岛——染黑牙齿

史前时代,在东南亚地区,就有将牙齿染黑的风俗习惯。人们认为只有魔鬼和野兽的牙齿才是白色的,因此,染黑牙齿是高贵的象征。

弗雷德里克·萨姆博(Frederic Shoberl,1775-1853)在《迷你世界》(The World in Miniature,1824)中对印度尼西亚爪哇的牙齿染黑这一风俗进行了详细的描述:

在爪哇岛民的繁文缛节中,他们会利用各种方法提升自己的审美能力,其中最著名也最普通的就是将牙齿染黑。这项习俗是结婚前必做的。在女子进入青春期后,就被告知需要进行"染齿",之后,人们就会说"这个孩子已经染齿"。对上牙进行染色这一过程非常单调乏味,也非常痛苦,通常由一位老人操作,染齿者仰面朝天,使用浮石将牙釉质磨掉,将炭黑和椰子壳油混合后进行染色,两颗门牙不染色,有时也会染成金色。人们推崇那些染得黑得发亮的牙齿。还有一些古怪的人将牙齿弄成锯齿状。这里的风俗认为染成黑色的牙齿是一种真正的美,而那些没有染色的人则受到人们的鄙视。

复活节岛——神秘的巨石

复活节岛距离陆地非常遥远，距南美西部有 2300 英里，距离最近的岛屿是 1100 英里。人们认为早在公元前 800 年，波利尼西亚人就已经在这里居住。这些背井离乡的波利尼西亚人通过独木舟到达此岛，并创造了独特的文化。

对于研究人员来说，复活节岛上的巨石像（也称"摩埃石像"）依然是个未解之谜，据估计这些石像产生于公元前 10-16 世纪。现在众所周知，这些巨石像是借助某种工具运到复活节岛的，可能是远古祖先或者氏族首领的象征。

岛上有形状各异的 887 具石像，有些高达 10 米，重量超过 86 吨。几乎一半的石像是在采石场发现的，其余的雕像还没有完工，仍在岛上的岩石上。有些石像戴着红色的石帽，这可能是他们的装饰品。

最早发现的只有巨石像的头部，而其身体部分则被火山灰所掩埋，最近的考古挖掘显示，巨石像拥有完整的身体，而且其背部还刻有文身。

最早到达复活节岛的欧洲人是荷兰人。1722 年 4

月的一个周日,由荷兰探险家雅各布·罗格文(Jacob Roggeveen,1659-1729)在东南太平洋的狂风巨浪中颠簸了数月之久。暮色中,他突然发现前方出现了一个小岛。这一天是复活节,所以他把这个小岛命名为"复活节岛"。当时的复活岛上人口稀少,这可能是砍伐森林,水土流失的结果(岛上居民为了获取耕地而焚烧森林)。由于没有树木,也无法建造独木舟捕鱼。在《雅各布·罗格文的航海日志》(*The Official Log of the Voyage of Mynheer Jacob Roggeveen*,1722)中有如下记载:

由于刚登上小岛,我们对岛上居民的信仰一无所知。我们只是注意到他们在巨石像前点燃火把,双膝跪地,高举双手,膜拜这些石像。最初,我们对这些石像充满好奇,想知道当地人是如何在没有木材绳索和滑轮的情况下,把这些巨大的石像竖立起来的。这些石像有 30 英尺高,呈对称分布,石像不是由黏土或者沃土所制作的,它们高高矗立,紧密排列,外表酷似人类。

然而，罗格文的猜测并不正确，现在证实大多数石像是由凝灰岩所雕刻，小岛上有火山，整个岛屿都被火山熔岩和火山灰覆盖，凝灰岩来自火山。1744年，当库克船长到达此岛时，许多石像已经倒塌，在《库克船长的第一次和第二次太平洋航行》中记载如下：

在小岛的东面，临海的地方，有3处石头平台，每处都有4具石像，但其中2具已经倒下。还有的石像已经损坏。威尔士先生对其中一具进行了测量，发现该石像身体有15英寸长，6英尺宽，每具石像的头部都戴着圆圆的红色帽子，这些帽子做工精细，令人赞叹。他们所测量的最大的一具石像高52英尺，直径66英尺。

不幸的是，欧洲探险家在1722年和1868年访问小岛之后，许多石像都倒塌损坏了。比奇船长在1831年到达复活节岛，《太平洋和白令海峡之行的自述》中记载如下：

这些巨大的石像确实令人感到惊奇，历经岁月的侵蚀，它们大都损坏，或者是当地人没有很好地保护，它们能否保存下去依然是个问题。

据说，在部落发生战争，复活节岛屿文明衰落时，当地人将所保存的巨石像推倒。一方面由于过度砍伐森林，他们没有食物，只能忍饥挨饿；另一方面，秘鲁的入侵使岛上的土著沦为奴隶。19世纪中期，大量传教士出现在复活节岛，岛上的文化很快消失，如文身、传统服饰，艺术品都被禁止使用。1888年，智利政府宣布吞并复活节岛，之后独特的"拉伯努伊岛"（Rapa Nui）文化才得以保存。

孟加拉国——吉大港

葡萄牙修道士塞巴斯蒂安·曼里克在《弗雷·塞巴斯蒂安·曼里克的旅行》一书中生动地描述了孟加拉（现吉大港）的情景：

在这片物产富饶的土地上，周边许多国家的人前往孟加拉进行贸易往来，商品交换。这使得孟加拉这座城市身份显赫，当你看到拿着一沓沓纸币的人们后，更会目瞪口呆。这些拿着大量钱财的人们大多会去Cataris（印度贸易商所在之地），这些钱数额巨大，一时难以数清，只能称重量。另外，我了解到，这座沿着恒河发展的城市，人口数量超过20万，大量游客从四面八方涌入，有些人到这里是为了做生意，特别是集市上，无论琳琅满目的商品还是当地人所做的特色食物，无不使人感到惊叹。

孟加拉国土面积广袤，国外商贩来此贸易，不局限于食物，我之前注意到，还有质量不错的服装。每年，超过100艘船在孟加拉港口装卸货物，里面有大米、蔗糖、油脂、蜡制品等其他商品。

这里的服装大多是棉制品，做工精良，我在其他地方还没有见到这样的服装。质量最好的平纹细布长达50~60码，8手掌宽，布的边缘镶嵌金银或者彩色丝绸。质量确实不错，商贩们将这些细布用两节空心竹竿挑着，在波斯的呼罗珊、土耳其等其他国家售卖。

关于阿斯特拉罕水果的奇怪传说

荷兰修帆工约翰·斯特鲁斯多次外出旅行,他写了《约翰·斯特鲁斯探险之行》一书。斯特鲁斯受到鞑靼人的奴役,在此期间,他碰巧路经阿斯特拉罕[1],听到这样一个令人惊讶的故事:

在这里,有一种奇怪的水果,外形与绵羊类似,但是身上的皮非常柔软,如同丝绸一般。鞑靼人和俄国人对其推崇备至,价格不菲,我花5卢布多买了一件,以2倍的价格卖出。在荷兰的阿姆斯特丹,生物学家简·施旺麦丹(John Swammerdam)的家中,有一本以收集了世界各地的珍奇异宝的绅士而著称的书中这样写道:一位之前在中国是奴隶的水手,在树林中发现了这种水果,他买了许多这种东西的皮子,制成大衣。他从这个水手的手中得到这件宝物。关于这件事情的描述,当地人非常赞同他的说法。此水果有2.5英尺高,有些长得更高一些,其中部被支撑,头部总是保持下垂的状态,就像被动物吃过的样子。当周边枯

---

[1] 阿斯特拉罕的小羊羔羊毛非常有名,羊毛的价格被鞑靼人推高了,他们经常用羊毛制作帽子和外套。

萎，它的生命也即将结束。我曾经觉得荒谬，但是当地人信誓旦旦地告诉我，他们有过类似的奇怪经历，当把周围的草割掉后，这种水果立即会凋谢。我想，他们所说的这种水果是大自然的杰作，我宁愿自己相信它的存在，而不愿意告诉读者这只是一个故事罢了。

叙利亚——信鸽

古罗马人和希腊人用信鸽传递信息（据说，在高卢之战中，恺撒大帝使用信鸽传递指令。在奥林匹克比赛中，希腊人通过信鸽通告谁是胜利者）。12世纪，波斯人因为驯化鸟类而著称，他们在巴格达制定了信鸽的飞行路线。

威廉·比达尔夫在《四位英商和一位传教士非洲、亚洲、特洛伊、卑斯尼亚、色雷斯及黑海之旅》一书中表达了对叙利亚信鸽的着迷，记载如下：

每个季度，商人们借助成群的骆驼，载着大量货物，沿着阿拉伯沙漠，穿梭于阿勒颇（叙利亚西北部城市）和巴比伦。有时，他们用驯化的信鸽向客户传递消息。他们在巴比伦将阿勒颇信鸽的翅膀或颈部上绑上一个纸条，向阿勒颇传递消息。这至少需要10天的时间。我最初听说这件事后觉得有些不可思议，难以相信，但是，当我了解商人们训练鸽子的过程后，便开始相信这件事了。

现在，对于欧洲最早使用信鸽的确切时间还不确定，但有证据表明：1815年，英国在滑铁卢之战的胜利消息是信鸽传递的。1860年，路透社的创始人，即保罗·路透（Paul Reuter），使用信鸽在布鲁塞尔和亚琛之间传递财经消息。

印度和孟加拉国——鸦片吸食者

公元前3400年,鸦片产于美索不达米亚地区,之后传入埃及。鸦片可用于医疗和娱乐方面。而通过丝绸之路,传入中国之后,罂粟变得流行起来。

早在17世纪,鸦片就已经被人们制成一种饮料,但是效果远不及通过烟枪吸食。《弗雷·塞巴斯蒂安·曼里克的旅行》一书中记载了孟加拉人吸食鸦片的情景:

这个国家还有这样一种植物,称"anfion",类似我们国家的大麻,其种子纤细,一年生植物。开花后称"posto",其果实经过提取后是黑色略苦的物质,称"鸦片"。东方人借助这种东西壮阳,提高性功能,但是必须节制,大量吸食有害身体健康。那些上瘾者,每天至多吸食4~5比索的量。而加以任何比例的油脂调和后,将制成一种令人上瘾的东西,那些上瘾者如果一天不吸食,就会心神不宁,万分痛苦。每吸食一次,身体将更加虚弱,如此3~6天之后,就会死去。

彼得·芒迪在《彼得·芒迪欧亚游记》记载了印度吸食鸦片的情景:

在印度的许多地里都种有可以制作鸦片的罂粟，当地人称其"aphim"，它有多种用途。他们将罂粟籽放入面包中，我是指白色罂粟。罂粟壳可制成一种饮料，称"post"，将壳放入水中浸泡后，挤压，加入酒中，喝后很快就会醉酒。

上面这些探险家关于鸦片的描述都是消极的，可能他们没有亲自尝试，只能这样描述。英国商人兼水手托马斯·鲍威里（Toms Bowery，1669-1713）在此方面没有顾忌，作为欧洲吸食鸦片第一人的他，记载了和10位英国朋友在印度吸食鸦片的情景，可以看出他比较兴奋：

我们中大多数人开始吸食鸦片,这令人愉悦,我想只有两个人没有吸食,可能是因为担心有害身体健康。而吸食鸦片之后,其中一人坐在楼梯上,整个下午痛苦地哭泣,另一个人则陷入极度的快乐之中,持续4个小时,或者更长时间一直在摇头。另外4~5人躺在地毯上(在房间铺有地毯),相互吹嘘,高抬对方,认为自己是国王。还有一人在和走廊里的一根木柱子吵架、打架,直到其手指关节处的皮磨破了才离开。而我和另外一个朋友则以一种难以想象的姿势静坐了3个小时。

图书在版编目（CIP）数据

企鹅、凤梨与穿山甲 /（英）克莱尔·科克—斯塔基(Claire Cock-Starkey) 著；寇宁译. -- 南京：江苏 凤凰文艺出版社，2020.6
书名原文：Penguins, Pineapples and Pangolins
ISBN 978-7-5594-4528-5

Ⅰ. ①企… Ⅱ. ①克… ②寇… Ⅲ. ①散文集 – 英国 – 现代 Ⅳ.
① I561.65

中国版本图书馆 CIP 数据核字 (2020) 第 015470 号

PENGUINS, PINEAPPLES AND PANGOLINS by Claire Cock–Starkey
Text © Claire Cock-Starkey 2016
Illustrations © The British Library Board 2016
First published in 2016 by The British Library
Rights Arranged by Peony Literary Agency Limited
Simplified Chinese edition copyright © 2020 Ginkgo(Beijing)Book Co., Ltd.
All rights reserved.

本书中文简体版权归属于银杏树下（北京）图书有限责任公司。
版权登记号：10-2020-29

企鹅、凤梨与穿山甲

［英］克莱尔·科克—斯塔基 著　　寇宁 译

出 版 人	张在健
责任编辑	王 青
特约编辑	张 怡
筹划出版	银杏树下
出版统筹	吴兴元
营销推广	ONEBOOK
装帧制造	墨白空间·张静涵
出版发行	江苏凤凰文艺出版社
	南京市中央路 165 号，邮编：210009
网　　址	http://www.jswenyi.com
印　　刷	环球东方（北京）印务有限公司
开　　本	889 毫米 × 1194 毫米　1/32
印　　张	8.25
字　　数	135 千字
版　　次	2020 年 6 月第 1 版　2020 年 6 月第 1 次印刷
书　　号	ISBN 978-7-5594-4528-5
定　　价	38.00 元

后浪出版咨询(北京)有限责任公司常年法律顾问：北京大成律师事务所
周天晖　copyright@hinabook.com
未经许可，不得以任何方式复制或抄袭本书部分或全部内容
版权所有，侵权必究
本书印刷、装订错误可随时向承印厂调换。联系电话：010-64010019